鏢
青萍劍

江湖尋父路遠，兒女情長難斷

白羽——著

暗藏波濤的多年恩仇 × 狹路相逢的故人再遇 × 新歡舊愛的左右為難

初出茅廬的少年學藝有成，卻無端捲進街頭混戰、下獄遭刑，
早已訂親的他更與對頭女盜暗生情愫……
千里尋父路在何方？少年郎最終又和誰長相廝守？

目錄

◈ 雁翅鏢

◈ 青萍劍

目錄

雁翅鏢

第一章　柳林七賢

在大河以東，山西省西部，離石城西郊以外，有一座小村莊，名叫柳林屯。恰當離石河斜入黃河的交叉口。這柳林屯，北負連枝山，南東環繞著離石河，背倚黃河，正是三面臨水、一面靠山的地帶，地方很險僻，幾與外界隔絕。卻是隔著離石河，徑入黃河的南岸，有一個三交鎮，恰是橫越黃河，由晉入陝的孔道，可以說地方很僻，而交通很便利。

柳林屯居民無多，十九務農為業，不問外事，猶如世外桃源。忽然有一年，屯裡遷來一家客戶，姓賀名廉英，攜帶著妻子親眷，來此荒莊，買田，置地，築舍，務農。鄉下人多好打聽閒事，許多人輾轉詢問這賀客戶的來路。據說賀廉英乃是個退職的官吏，又說是個退休的富商，因為厭棄風塵，要鄉居養靜，才卜居到柳林屯來。

但是無針不引線，賀廉英既是外鄉人，他怎會想到遷至柳林屯來，久居務農呢？據說乃是賀廉英有一個管事的張先生，跟柳林屯當地農民謝二福有著相當的淵源，說是換帖的弟兄。賀廉英原來攜眷在太原省城居住，既然定了鄉居避囂的心，就吩咐手下管事人，給他買田產，置房舍，並向各界頭人打聽隱居之所。那管事的張先生就轉託到一個晉省土著姓馬的，由這姓馬的又轉託到柳林屯的謝二福。於是賀大爺、張管事，賓主物色良田，經過了半年多的選擇，終於看中了負山環水的柳林屯。便由賀大爺委託張管事，張管事就委託馬某和謝二福，找到了房地產中人，殷請了當地保正和地方，就在柳林屯，買了大批的良田。旋又在田邊，建築了莊院。經過了兩三年的佈置，現在良田已覓妥一個佃戶承租，新舍已經招攬工匠造成，賀大爺這才接妻子帶親眷，由並垣搬來了。

起初賀大爺剛搬來，鄉下人頗拿他當作談柄。經住過一年多以後，賀府上待人實在寬厚，無論對近鄰，對佃戶，都捨得吃虧讓人，又慣拿小惠小利，來哄慰這些淺見的鄉民。於是柳林屯一帶居民，對賀家再沒有歧視或奇視之處了，漸漸地安之若素，視為本屯的老鄰舊戶了。這可就是「錢能通神」之效。而賀家上下處世有術，待人謙和，也是買得大家歡心的一個原因。

又過了兩三年，賀家忽然拿出錢來，增購田產，加築院舍，一連買了一頃多良田。柳林屯的人不由又議論猜疑起來。

但是賀家買地，肯出大價，招租佃戶，又待遇極優，雇工匠蓋房，也不惜小費，四鄰幫工，更厚予酬謝。起初也還有人不忿，說我們的祖業良田，不久都要教這外來戶侵蝕去了。卻抵不上賀家太慷慨，誰說閒話、抱不平，他立刻就請誰吃飯。於是錢能通神，酒肉能堵嘴，稍加賄買，又把這些閒話猜疑壓伏下去了。

等到良田購到，佃戶雇妥，而且新院舍增築完竣，立刻又有一撥人由外面遷入。說起這一撥人，便是賀大爺的內親了，也就是賀大爺的妻弟，姓邱名鐵林。年約四十歲左右，也是有妻有子，有親眷，有僕婢的，上上下下，也有八九口人。論勢派比賀廉英小些，看資產好像倒多些。

這邱鐵林生得胖而矮，赤紅臉，按相法正合乎「同田貫日」的「同」字格，就是眉毛疏些。眼睛雖小些，襯著他那胖貓臉，猛看倒像個瀏海伯似的。據說他是個富商，現在晉陝省會，都有他幾號買賣。因為他們郎舅感情很好，所以離開原籍，也隨著賀大爺移地隱居在柳林屯了。

這邱鐵林也仿效賀大爺的做法，移人新居，立刻設筵，普請柳林屯的鄉鄰，說了許多「諸位鄉親多關照，多幫忙」的話。又說：「遠親不如近鄰，我們乃是外鄉人，全靠諸位叔伯護庇。」邱鐵林比賀廉英不同，賀鄉紳是沉默寡言，頗有官派紳士模樣的人；邱鐵林卻是能說好笑，藹然可親，真像個富商大掌櫃。

當這邱鐵林剛一搬入，柳林屯的鄉民照樣紛紛議論，研究這新客戶的來路，但不久也就淡下去了。賀富戶不笑不說話，邱富戶見人就點頭，更容易取得人緣，所以很快地就和村民水乳交融、混為一體了。

緊跟著過了兩三年，由賀家主持，又有一批買田築舍的事，同時又來了一家新住戶，當然也是賀家或邱家的親友。隨後又緊接著搬來了兩家，旋又由新客戶的寄居親眷，照樣買田築舍，析居另度，一戶就變成兩戶，兩戶就成了三戶。總而言之，自賀鄉紳遷入，未及十年，陸陸續續又遷入或新分居的，一共有七家了。恰好這新築成的房舍，分作兩排，連成七個院落；七個院門以外，又圈起一道總圍牆，合著走一個大門，好像是土堡的樣子。

這七家客戶，有的自說是退職的文官，有的自說是綢緞商，有的說是皮貨商，有的說是退職的武職都司，有的說是發了財的幕府師爺。柳林屯的鄉民十九不識字，知識很低，說也說不明白；只曉得他們全是闊人，只曉得他們彼此之間，不是至親，就是至好。甚至人有說他們這七家乃是患難之交的盟兄弟，因為恩深義重，賽過桃園的劉關張，所以才隨了老大哥賀鄉紳，一同覓地退隱，來到這裡；這話也許可靠。因此有人說，賀鄉紳等七家，可稱為柳林七義。七家的新房舍，可稱為七星堡。一人造，眾口流傳，這七星堡的名字居然叫開了。

柳林屯在賀鄉紳等七家未遷入以前，僅僅有四五十戶鄉農，莫說沒有過有功名的士紳，就連「略識之乎」的文墨人，也只有三戶。一戶是開酒館的王掌櫃，他能夠看金批《三國演義》和《忠義水滸傳》。一戶是村學究諸先生，肚裡有一部《四書朱注》，有幾百篇高頭講章，有數百篇腐爛墨卷。此外還有一個通人，乃是在離石縣當過書辦貼寫的小吏，名叫紀煥文的，算是知書明理、最為開通的人物了。

柳林屯風氣既如此固陋，又受了新客戶的小惠，再沒有人猜疑他們的來歷了。就是保正村長地方催租吏之流，也都受過賀鄉紳的好處。因此賀鄉紳及其親友共七家，反在柳林屯，大得慷慨樂善、處心好友的盛名。

每逢年過節，本屯舉辦公益的事，有如演社戲，賽會酬神，修橋蓋廟，這七家客戶也是欣然題捐，首拿大份，絕無吝嗇。當地人本來有些吝嗇的脾氣的，這七家客戶如此大方，當然更受歡迎。

柳林屯僅僅有王掌櫃開的一座小酒館，兼營雜貨。等到七家客戶遷來，僕從如雲，佃戶甚多。跟著本屯又新開了幾家小商店。柳林屯早年只有一個私塾，寥寥六七個村童，供養著諸姓壽逾六旬的老夫子，諸老夫子又兼賣藥，代診疾病，又代辦本屯書信。未幾這諸老學究病死了，從此本屯連讀書的種子，都斷了根。這一年冬間，賀鄉紳顧念本屯文教不興，一面出獨資，修蓋文武二聖廟，一面請本屯士著有頭有臉的人物，借舊私塾為公議之所，商量著要另請一位飽學之士，作為柳林屯公學的館師。屆時七家客戶全到，土著大戶也到了兩三家，商議了半天，有的主張按財勢出錢，有的主張按戶公攤。到底因為大家都捨不得花錢，商而又商，幾乎無結果而散。末後還是賀廉英、邱鐵林等七家客戶，慨然擔承；按季出資，土著各戶，這才譁然讚許不置。

於是拿錢的有了準人，村學決定創辦，就等明春開學。至於塾師，土著各戶，這家舉薦馬秀才，那家舉薦馮貢生，七言八語，你爭我奪起來，隨後還是那位書辦貼寫紀煥文先生，較為通達世務，說是辦義學，既歸賀鄉紳等七家捐資創辦，那麼這延師之責，自然也該一事不煩二主，統歸賀大爺費心就是了。紀煥文如此一說，大家方無異辭。

恰好這時陝北正有教匪之亂，地方有些不安靖。有人就由義學一事，談到守望相助，團練聯莊會這件事上，客戶邱鐵林就說，柳林屯現在人口見興旺，地面也日見富庶，盜賊匪警不可不防，我們也應該把聯莊會舉辦起來。一倡百和，大家同聲說好：「這事就通通煩賀大爺和邱大爺二位籌劃，我們大家隨著就是了。」這意思就是仍教賀、邱等七家主持，也就是教賀、邱等七家掏腰籌辦。邱鐵林微微一笑，義不容辭地答應了。

到了轉年，柳林屯義塾成立，由賀家宴請一位儒士做教師，招聚本屯和鄰村的小兒，來學習書字，練習作八股文和尺牘算盤。跟手聯莊會也籌議起來，卻遇上一樁困難，成立聯莊會，必須先訂立章程，妥籌經費，又須呈官批准，方才能夠購置武器，如刀、矛、火槍之類。而且聯莊會首，也須有功名的職員方能稱任。還有一層，此事體大，辦義學可由一村獨立創辦，聯莊會就必須鄰村相協助了。結果聯絡鄰村，沒得聯絡好，呈報縣衙，也沒有被批准。當時柳林屯是屬於離石縣所管，離石縣的縣官是個膽小如鼠的老進士，認為柳林屯無故地糾集大眾，立團教練，殊非好事，他不願擔負責任。若說是預防匪氛，土匪又沒有鬧到離石縣境來，縣太爺守定了多一事不如少一事的官場訣竅，便給批駁了。

這件事被官府批駁，還有一個人事的原因，就是邱鐵林只肯出錢，不肯出名。所以呈報官府，聯絡鄰村等事，他都託了那個退職書辦出頭奔走，那就辦不成了。這個書辦只會賺錢舞文，不能任勞任怨，實心辦事，結果就被他弄砸了鍋。

然而團練雖不能辦，卻轉變成另一件公益的事。賀廉英、邱鐵林勸說大家，拿出創辦聯莊會的精神來，宴請武師，由本屯挑選莊丁，創辦練武場，大家來學打拳，練刀劍，練騎馬射箭。賀、邱二人說，既有義塾學文，也應該有把式場習武。這樣做，十年以後，柳林屯的文教民風，將要斐然一變。

新客戶賀、邱等人家，既肯熱心公益，又捨得出錢，說了就辦，不久這把式場果然創辦成立。宴請兩位拳師，在農耕之暇，招集本屯壯年，少年男子，習練起打拳、劈劍、舉石鎖，耍春秋刀、騎馬、射箭等等武技。

等到這義塾和武場全都成立，柳林屯的鄉風，真個的一變了。有的人誇好，有的父老就竊窺腹誹，認為新遷入的七家客戶，完全把都會的浮華風氣，介紹到我風俗樸厚的鄉村來了。

這義塾武場一設立，文事武功均易起爭，恐怕柳林屯從此就要多事；說不好，不久還怕有一種巨變發生。

這話出於豆棚瓜架之下，村夫野老之口，有人說他預言知機，不為無理；有人說他還是脫不了欺生妒富的意味。若從實際看來，自從七家客戶遷來，十年之間，柳林屯的確日見富庶了。七家客戶實是柳林屯的七顆福星，怎麼倒說是醞釀禍苗呢？

但是這背地私議的流言也散佈開了，不數日便傳入賀、邱諸家人耳內，賀廉英、邱鐵林聽了不禁皺眉。旋即設法鉤稽這造言之人，才知說這喪氣話的人，乃是本屯東後街的酒鬼焦四。賀廉英立刻想了一法，先藉故拜訪醉鬼焦四，據說賀大爺和焦四，他們喝了一晚上的酒，等到第二天，流言便漸漸改變了。

又過了些天，柳林屯土著有頭有臉的人物，忽然紛紛議論，互相聚謀。這一天，由那位退職的紀書辦，邀請土著鄉老，先到他自己家，有要事會商，也聚了十三四位，書辦居然大破慳囊，他設小酌，請大家開懷暢飲。等到酒足飯飽，啜茗吸菸，就開始閒談起來。這退職書辦紀煥文趁大家歡娛之際，慷慨陳詞，講起了柳林屯近十年來興旺的佳況。他說：「本屯在六十年前，本是個很富的村子。但是連遭不幸，又遇匪氛，由打頭四十年，本屯就頹敗不振，一直沒有恢復過來。這些年本屯住家，大抵是些貧苦的佃戶，自耕己田的中等農戶寥寥無多，大富之家更是太少了，書香人家簡直絕無僅有。直到近十年，自從我們這位賀廉英客戶遷入之後，好像給本屯帶來了風水，把從前頹敗之象，一洗而空；人口也增多了，生計也富裕了。尤其是本屯那六七戶赤貧之家，以前常常混不上飯，只靠給鄰村當佃戶，做長短工餬口。甚至這幾家小男女，竟也迫不得已，給鄰村張大戶胡百萬，做起女傭僮僕，這實在是本屯之恥。等到賀廉英、邱鐵林等這七家客戶陸續遷入，他們大興土木，廣招佃戶，本屯無業的貧戶都有了衣路食路。他們給的工錢很大，很有以工代賑的意思；哪一家窮苦，他們就幫助哪一家。游手好閒的、貪賭好酒的光棍，他們全不用。他們以財力濟貧，以良言勸善，居然把本村頹風敝俗，矯正過來。近來他們又拿出錢來，給本村創辦義學，設立練武場，修廟建橋，做了許許多多的義舉。至於救貧病，恤孤寡的事，他們也是搶頭份來辦。他們七家客戶實在是我們柳林屯的七顆福星。可是人家講起話來，總是說咱們老鄰舊戶很照應他們新客戶；他們非常客氣，沒有一點挾財傲鄰的意思。人家待咱們這樣好，咱們當地老鄉也該有點人心，報答報答人家，才顯得咱們柳林屯土著的人也知道義氣。」

退職書辦紀煥文，滔滔地講了這些頌揚客戶的話。十幾位土著耆老立刻點頭咂嘴，表示同意，接聲說道：「你這話倒是實情，七家客戶真有義氣，待咱們太好了；我們要報答報答，但是這該怎麼辦呢？是不是我們公送他七家一塊『急公好義』的匾呢？」書辦點點頭笑道：「對了，送一塊匾也很對，不過昨天聽說下月十四，是賀大爺的四旬五吉晉期。據說他們六家都要給賀大爺大舉做壽；他們本是親友，在本屯他們又是客戶，他們當然有此一舉。我們本地人，也該來一下子，也想個法兒，賀他一賀，不過邱家他們是只給賀家祝壽。我的意思，連賀家帶那六家，我們一塊兒都祝賀祝賀。」

眾老聽了，紛紛地講究起來，該用什麼方法，送什麼禮物，以申祝賀之意，借表感謝之忱呢？酒鋪的王掌櫃說：「最好公送他們七塊匾，匾上可以寫他們七家客戶，『急公好義』、『樂善好施』，或者寫『俠義可風』、『敦交睦鄰』等等話頭。」

又有人說：「咱們都受過七家客戶的宴請，我們應該還席，聯合全屯把他們七家也公請一下，如何？」可是這一來，得花許多錢，有人覺得心痛，說人家乃是闊人，咱們鄉下人請人赴筵，沒的倒丟臉。

退職書辦末後才說：「諸位高見，都說得很對，也可以送匾，也可以送禮，也可以送祝壽酒筵。不過，我也想了一回，現在我們柳林屯，已經修建得很好了，土圍子也經賀家創議，重新增高推廣。現在柳林屯，簡直不像小村，很像個大鎮甸了，可是這堡門還沒有題匾。還有他七家蓋在一起的莊院，也還沒有里名巷名。我的意思，我們可以特製三方匾，一方是我們柳林屯全屯的題名，最好改稱『柳林七星屯』，或稱為『柳林七星莊』，這足以頌揚他們七位的大仁大義了。一方匾掛在他們七家莊院的裡門，最好題名『七賢里』，或者就叫『七星屯』。另外一塊匾，專頌揚他們七位的義舉仁風，可以掛在他們新蓋的義塾門首，或者掛在他們七家共有的『公會堂』門口，也很合適的。這匾就用『急公好義』、『樂善好施』，全都不壞。」

大家聽了，都鼓掌稱善；又議論了一陣，就選定「柳林七星屯」作為全屯堡圍之名。至於七家客戶的里門，就選「七賢里」三字。另外一塊匾，打算請義塾老師給想個好題目。說到祝壽贈匾的辦法，就定於下月十四日，用吹鼓竹亭，集眾公送。另外還做七桌酒席，分送七家客戶。一切花費，頗為不少，鄉下人是很覺肉疼的，想不到這退職書辦紀煥文，竟慨然獨擔起來；但是別位若願多添祝賀禮物，他也歡迎。

鄉下人腦筋簡單，以為這一樁酬善之舉，純出紀書辦提議，又經親自贊助。殊不知道這一件事，頗有用意；而且揭開內幕講，乃是出於有力者的授意！便是制牌匾，備鼓吹，擺筵席，也另有人拿錢。拿錢的人卻的的確確不是創議的紀書辦。

老實說，柳林七賢之名，是本於竹林七賢。也許是那七家客戶，為了種種原因，願意享此佳名，經過十年心力，又經暗中一番支使，果然有人出頭代辦了！

當天筵後議定，並推好籌辦之人。遂由退職書辦紀煥文，外加兩位耆老，負責辦理。次日，三個人先找義塾教師馬秀才，請他擬好了題匾的銘詞和敘文，並且備禮物，請縣城有名文人代為書題。退職書辦又說：「我們不可冒失，這該到賀宅、邱宅七家，先說一聲。」遂拿了三方匾額的題詞，於第三日，親往訪問賀廉英，以及柳林七賢榜上有名的七位人物。

柳林七賢，頭一位自然是那先來的客戶賀廉英了，賀廉英字孟雄，年將望五，瘦頰長眉，中等身材，二目炯炯有神，有著不怒而威的氣派；新遷七家客戶以他年紀為長，好像領袖。

其次便是邱鐵林，字季剛，生得矮而胖，年才四旬。赤紅臉，面常帶笑。邱鐵林和賀廉英，乃是郎舅，賀大爺是姐夫。

第三位是韓光斗，說是邱鐵林的親戚，卻不是什麼親戚。

韓光斗年約三十七八歲，赳赳有武夫氣，相貌很醜，頗似鏢客。只有夫妻二人，無兒無女，也無僕婢，僅由賀廉英撥給他一個老蒼頭和一個做飯的燒火婢。所謂柳林七賢，似乎韓光斗最窮，但也占據著新蓋的一所四合房。別人搬來了，多享家庭之福，隱居之樂，唯這韓光斗仍好出門，此刻是由打外埠歸來，剛剛兩月。他那宅中，人少房多，因此他家中頗招了幾個親朋借住。

第四位第五位，是同胞弟兄。兄名楊金簡，字子丹，年逾四旬，面黑身高，看外表，年齡與賀廉英差不多，但賀廉英卻呼之為二哥。他的二弟名楊金策，字漢青，年才二十七八，長身朗目，頗為精幹，有妻有女。他的同胞兄楊金簡，卻是個老鰥。據說喪妻有年了，膝下只有一子，年十一二歲，乃是二嬸撫養大的。

第六位名叫趙晉朋，字梓材，通常人叫他趙梓材趙四爺，就是韓光斗的表兄弟。他們彼此間的稱呼，是趙叫韓作二表哥，韓叫趙作四表弟。趙晉朋今年三十二歲，像個唸書的人，黃白鬍子，重眉毛，大眼睛，舉止很文雅，服飾很講究，也是有妻子、有僕婢的。

第七位單名叫做魯桐，字鳳臺。這個人是男子而頗有女氣的，年紀才二十三四，眉清目秀，牙齒皓白，細腰緊臀，漂亮之至。他的妻也只十八九，不到二十歲，生得裊裊婷婷，舉止風流，頗有美人之目。在這新遷入七家客戶中，好像他夫妻輩分最小，稱賀廉英為賀老叔，稱呼別人也矮一輩。

他們這七家，賀邱二家最先遷來，韓光斗雖是第三個來到柳林屯，卻是末一個把家遷到的。現在他們七家，都擁有新宅良田，都有婢僕佃戶，都度著隱居安樂的生活，在柳林屯成了首戶上戶的了。

柳林屯的耆老，和那退職書辦紀煥文，共推了三個人，面見七家客戶，說要給他七家掛匾，第一家，自然先拜訪賀廉英。

這三個代表，為首一個是那退職書辦紀煥文，其次是舊首戶蔡建福。這人擁有五十多畝良田，在十年前，他是柳林屯最富的農戶，常常受地方擠兌，攤款拿上份，派差出大錢。他又是鄉下人不識字，很怕官面，所以很受剝削。自從賀廉英等七家客戶遷入，恃其財勢，雄長全屯，蔡建福降為第八戶了，卻也擺脫開吏胥的敲索，遇事都是人家七客戶頂上前頭，他倒托福，免了好些苦累。因為人家賀廉英等七戶，手腕很闊大，眼光往上看，地方差役之流，反被支使得團團轉，氣焰倒小了。

所以蔡建福不但不妒忌七客戶，倒暗暗感激，無形中替他遮風擋雨了。蔡建福算是第二個代表。還有一個，就是開酒館的王掌櫃，名字叫王二金，年約六旬，也是個醉鬼。這三個人，算是柳林屯有頭有臉的聞人了。

紀煥文、蔡建福、王二金這三個，全都換穿了長袍馬褂，斯斯文文，來到賀家。賀家很有官派，居然鄉居也有門房。門房進去通報，主人賀廉英吩咐開客廳，緩步迎接出來，把客人讓到客廳。

客廳很講究，三個代表全都來過。當下，遜座獻茶，裝旱煙袋，敘寒暄，問來意。紀、蔡、王三位，還是由退職書辦紀煥文首先開口，說道：「我們哥三個，這一回來，不是自己來的，可以說，乃是全屯共推，教我們來的。我們柳林屯，自從賀大爺你們老七位搬來之後。簡直給村子裡，帶來好風水，屯裡一天比一天興旺。而且給我們排解了不少的麻煩，我們再不受縣裡的擠兌，也不受鄰村的菲薄了。你們老七位，簡直是我們柳林屯的七顆福星。昨日裡，本屯的人提到這一點，又聽說本月十四日，就是賀大爺的好日子，我們大家想什麼法子，報答報答你們老七位呢？我們公議了一下，打算出個公份兒，給你老祝壽，另外公送三方匾，是給你老和你老那六家親友。」

賀廉英聽罷這話，立刻站起來，連說不敢當，不敢當，又說：「小弟們本是客戶，由打十年來，陸續遷入貴寶地，實在給各位鄉親添了許多麻煩。承蒙各位老鄰舊居，處處照應我們，一點也不見外，我們弟兄感激還感激不過來；又有何德何能，給大家效過勞呢？想不到老鄰舊居，這樣抬愛，反倒說我們造福給本屯了，其實正是我們弟兄沾光本屯的地方很多。」

用手一指屋宇道：「即如舍下一磚一瓦，乃至田上一草一木，哪一些不是出於諸位鄉鄰出力幫忙？甚至說小弟們給本屯遮風擋雨，這更不敢當了。常言說，好狗護四鄰，我小弟只不過在官面上混過幾天，遇上縣衙派差攤款，我小弟也只是盡其在我，不敢落後；遇事迎上去，不肯遺忘大家罷了。七顆福星的題目太重太大，柳林七賢的名義太高太巨，我小弟實在一點也扛不起來。」

說到這裡，聲音一頓，眼望著退職書辦紀煥文，紀煥文也正望著他。四目相對，賀廉英又徐徐笑道：「總是諸位鄉鄰重看我弟兄。如願借賤辰一天，大家公聚一下，暢飲一回，這倒是我小弟求之不得的事。然而我卻不肯教列位破鈔，到那一天，還是我的請。」

說完了，又連說不敢當，不敢當。但是這三位代表既受公推，已經定議而來，斷無空回之理。那三塊匾，一定要給掛。

三位代表，也說得好，掛匾一事乃是我們公議的，賀大爺一個人不能違反公意。況這匾又是給賀邱楊韓趙魯七家共掛的，並不是單給賀家一人一家。醉鬼王掌櫃就說道：「賀大爺，你老不用推辭。我們全屯四十六戶，連著商量了兩天，一定要給你們老七位掛匾的。你老不能推辭，你一推辭，就湊不上七賢莊、七星屯這個好字眼了。你老想，說書唱戲，只有二賢莊，七賢莊，沒有六賢莊，六黑莊。」王掌櫃一肚子《水滸傳》，他立刻講今比古，說到了《水滸傳》七星聚義，黃土崗智劫生辰綱。說得這賀廉英心頭一動，眉峰一皺，連連地眨眼，一連說：「不好，不好！」

賀廉英越說不好，三位代表越說好。賀廉英所說的不好，是他自己疑心生暗鬼，他自己心上覺著「七星聚義」這句話太不好，「七星屯」這個名萬一叫響了，恐怕丟失了自己選地擇鄰的本意。三個代表所說的好好好，卻是懵懵懂懂，完全是勸進表，客氣話罷了；這一點，連那個最精明的退職書辦，也是蒙在鼓裡，莫名其妙，亂嘈了一頓。老農蔡建福年老而口訥，到了這時，也幫著說了幾句：「你老不要推辭，這三塊匾給你老掛上吧；掛上好，掛上好得多。」可是掛上怎麼個好法，他就不知道。他並不曉得，牌匾此刻尚未制妥，題詞尚未擬定呢。

末後還是退職書辦紀煥文說話有譜，截斷了一推二讓，向賀廉英再勸道：「賀大爺你不要一個人盡自辭謝，這匾是給你們七家的。究竟該用什麼詞兒，簡直把邱三爺，趙四爺，韓二爺，楊家二位和魯爺，全都請來，大眾商量一下。賀大爺，我告訴你，我們是受大家公推，不是來問你們願意不願意，讓掛匾不掛匾，乃是問問你們，用哪個匾辭，你們才覺合式？」

王掌櫃又插嘴道：「還是叫柳林七星屯好，《水滸傳》上阮小二、阮小五，阮小七，和晁天王，吳軍師，赤髮鬼劉唐，白日鼠白勝，想當年在黃土坡，智劫生辰綱，逼走了青面獸楊志，那就叫做七星聚義。由七星聚義，才會有梁山泊一百單八將。七星屯這個名字，正好說你們哥七個，是我們柳林屯的七位福星……」

他把《水滸傳》又搬出來，以至於說得賀廉英又不禁暗暗咧嘴皺眉，王掌櫃依然是毫不理會。

匾還是商量著要掛，名兒可以選個俗不傷雅，叫來好聽的。大家和哄著，把邱鐵林、韓光斗、楊金簡、楊金策、趙晉朋、魯桐，全請來了。少年俊俏的魯桐，更是小夫妻倆雙雙偕到。柳林的耆老，也加邀了十來位，賀宅客廳頓時熱鬧。長衫朋友，短衣襟鄉鄰，老老少少，漫散坐在二十多把椅子上。好茶，好煙，還有瓜子花生，乾鮮果碟，擺了兩桌面，雖是老鄉鄰制匾酬客戶，反成了客戶茶點款老鄰了。又不止茶點，賀廉英已吩咐下人，招呼廚司務，趕辦盛饌，要留他們。

贈匾代表欣欣然，齊誇賀大爺真慷慨：「我們剛來商量酬報你老，你老倒破費請我們吃酒席，沒的教我們怪臊的！」

鄉下人貪小便宜，山右人更甚，哪裡懂得江湖豪俠隱居僻鄉的大作用！他們至多說這七家客戶揮金如土罷了，怎能理會到風塵豪客覓桃源以寄行蹤，施小恩以堵眾口！賀廉英收買人心，這方法做得恰好！

鄉老口說怪臊的，手和嘴都沒有閒著，人人大吃大抓起來。蔡建福、王掌櫃兩個老頭兒也努力嗑瓜子，賓主歡快極了。跟著話歸本題，還是談掛匾。魯桐年紀輕，信口說掛匾幹什麼？邱鐵林、韓光斗、楊金簡、楊金策、趙晉朋五位和賀廉英意思一樣，口說不敢當，看神氣很高興，似乎對這七顆福星的稱號，頗引為榮。獨獨提到「七星屯」、「七星聚義」這兩句，邱韓楊諸位猛一聽，似乎都一愣。鄉下人心路樸實，也沒有人理會到這一點。倘有一個細心人，試一思索，七家客戶既然不拒絕「急公好義」、「樂善好施」這一類的褒獎詞，又不厭惡「竹林七賢」、「柳林七賢」的美譽，卻單單怕題「七星聚義」的「聚義」二字，由此牽連著，並「七星」兩個字，也避拒起來，這裡面豈不是有點怪道嗎？

然而正因為柳林屯為僻邑，是荒村，當地住戶是頭腦簡單的鄉下人，所以才得成為柳林七客戶的芳鄰。他們七位找的就是這種地方，只不過七位客戶的手下很慷慨，很闊綽，也就感動得四鄰八方沒有人起猜疑，說閒話了。然後他們七位才避地退隱，安居樂！

當下，七客戶，眾老鄰，重新見禮，紛紛寒暄，互作揖，互問好，也忘了誰是賓、誰是主。亂了一陣，跟著就入席；原來酒宴早在別室擺好了。這卻是宅主賀廉英的主人，而掛匾三代表退職書辦紀煥文，也居然抱拳相讓，做了副號的居停主人。於是，以長幼敘齒，你推我讓。到底是全坐下了。然後菜擺上來酒也擺上來。酒過三巡，宅主人賀廉英站起來，說了幾句客氣話：「老鄉鄰要賞臉，給我們七家掛匾，我弟兄有何德能，實在不敢當，不敢當得很！」還是那幾句客氣的話而已，並沒有峻拒的意思，邱鐵林、韓光斗、楊金簡、楊金策也相繼發言遜謝。

然後又是退職書辦紀煥文，喜形於色地站起來，振振有詞，演說一遍：「這三塊匾必須得掛，按天地良心，也得給他們哥七位掛上。為什麼呢？因為咱們柳林屯，自從他們哥七位遷入之後，一天火熾一天，一天興旺一天。我們在座的各位老鄰，說實在的，哪家沒沾過人家七客戶的光？人家七客戶，不但替本屯遮風擋雨，應酬官面，而且還給本屯帶來了風水。又給咱們修橋補路，又立義學，又開把式場。從前本屯在縣境裡，是提不到的小村子，現在不然，我們柳林屯出了人物，在縣裡居然響了。凡有公益的事，咱們柳林屯再不落後了，這全是賀、邱他們七家，替咱們做了臉。常言說得好，人要知恩報恩，人要知道好歹。現在賀大爺的生日眼看來到了，所以我們十幾家商量了一會子，一定要給賀大爺熱鬧熱鬧，同時也酬請酬請邱二爺他們六家。我們打算教一班吹鼓手，到了那天，旗鑼傘扇，給他們七位送匾，再擺幾桌酒宴，教一臺戲，我們全柳林屯都樂和樂和。」

紀煥文大瞪眼講了一遍，王掌櫃、蔡建福也跟著幫腔。其餘老鄰已然早有所聞，也已深預其事，自然全體附和，登時滿座上聽見「好好好」一片歡贊之聲。

跟著又我敬酒，你捧場，你謙我讓，亂了一陣。隨這七客戶在「不敢當」聲中，一體答應了掛匾之事；然後又討論這三塊匾的辭。結果就選定了「柳林七賢」四字，本屯改稱為「柳林七賢莊」，至於「七星聚義」的字面，決計掛不得的，甚至連掛在口邊也不好。還有兩塊匾，那就隨後便選定了，無非是急公好義、樂善好施一類熟話，可是「俠義可風」四個字，也絕對不要。

一場歡宴，直喝到晚夕，三塊匾辭都定規了。大抵鄉下人好睡早覺，不慣熬夜，於是乎柳林屯的老鄰舊居，人人吃飽了，喝足了，就先行告辭。掛匾的三個代表，仍和賀廉英、邱鐵林等，打呵欠，說了一會兒閒話，隨後也就要告辭。但是臨別時，退職書辦紀煥文兩隻眼睛通紅，酒氣熏人，走路直打晃，和宅主賀廉英面面相對著，忽然說不好，我要鬧酒。賀廉英忙把紀書辦單獨留下，卻派長工，將王二金、蔡建福二位代表，先行送回。

紀書辦重複到客廳歸座，吃了一點鮮果，與賀、邱諸人深淡良久，賀廉英說了許多謝謝的話，又說「一切仰仗，諸凡費心」等話。紀書辦也是照樣的謝不斷口，連說：「仰仗，仰仗。」邱鐵林並插言道：「一切花費都請紀爺不要客氣，只管到這裡來拿。」楊金簡也說：「我們弟兄只是喜好這個熱鬧，喜好這麼一個虛名，諸位既然這麼抬舉，我們當然拜領。不過若教諸位花錢，我們實在於心不忍。」韓光斗道：「實在是這個意思，諸位這麼熱心賞臉，我們感謝不盡，只能教諸位費力氣，總不忍教諸位破費錢了。總而言之，出錢是我們，出主意是你老兄，和各位看得起我們的鄰居。」紀書辦就連連點頭說道：「我明白，我明白，你們諸位都是慷慨大丈夫，好名聲，講義氣的人。你們諸位就喜歡這個樂，小弟當然出頭給諸位辦到。話又說回來，我們柳林屯的人，按天理良心說，對你們老七位，也真應該有此一舉；只是我們太窮一點，有心無力。我們也曾講過幾次，早就想給諸位掛匾，大家也都樂意。只一提到攤錢，不怕你們見笑，鄉下人就是愛財如命；所以商做了七開加八開，錢還是湊不出來。我小弟就要一賭氣，由我一個人獨力出資，把這件義舉辦了，借此報答你們七位，偏偏我又沒有這些錢。現在好了，賀大爺你們幾位不忍教我們攤錢，只教我們出名，您情願自己暗含著墊出來，這真是太體恤我們了……」

賀廉英忙道：「不不不，不是這回事，你千萬不要說破我們祕密墊錢這件事……」

紀書辦搶著道：「我明白……那一來，我們也不好看，你老也不光彩，我一定說是我一個人掏的腰包。我又落名，又省錢，我太便宜了。只是你們七位花錢買臉，又不肯露名，我們太覺過意不去了……」

他還想往下講。因為他越說聲音越大，賀、邱諸位一齊攔住他，再三地叮囑他，務必守祕密，不可外泄。若一旦教人曉得了，彼此都嫌丟人。他諾諾地答應著，其實他已經很醉了。

又談了一陣，天已很晚。遂仍由賀宅長工，打著燈籠，把紀書辦送回家去。臨走，又遞給一個小包，他還要問，又要打開瞧，賀廉英連連搖手，他這才一聲不言語，把小包掖起來，樂嘻嘻地回了家。這賀、邱諸人仍然商量了一個更次。

日子過得很快，轉眼到了賀廉英壽日這一天，由退職書辦紀煥文、蔡建福等幾個人主持，辦了七八桌酒席，教了一臺戲，另外還紮了三個彩匾。先由紀煥文到賀宅，致辭祝壽，大意還是說，柳林屯自從賀家老哥七位移到之後，好像七顆福星，我們現在感恩圖報，特意趁著賀大爺壽誕之日，給他們七位賀功掛匾。現在我們大家，先給賀大爺拜壽，跟手就把那三塊匾，給七位掛上。說完了這一番話，幾位代表登堂拜壽，磕了一頓頭，賀廉英頂禮相還，說了許多感激不敢當的話。然後又開始掛匾，把預叫吹鼓手傳來，儀仗隊擁著三架彩亭，抬著三方匾，由公議堂（便是那個私塾）出發，吹吹打打，繞著七星屯轉了一圈，又透過了鄰村，折回來進了本屯，一直抬到賀宅門前。送匾代表們長袍靴帽的，指揮吹鼓手儀仗隊，分列巷內，好好地奏了一陣樂，然後把頭一塊匾，掛在賀宅門上。賀廉英謝了代表，開發了賞錢；吹鼓手排隊又到巷口和私塾門前，將那兩塊匾，也依次掛好。賀、邱等七位一齊向代表作揖，道謝。這時，柳林屯男婦老幼，圍了許多人看熱鬧，賀、邱等向四圍的人都作揖打躬稱謝。於是掛匾禮成，賀、邱等人把送匾的代表一齊邀人賀宅，開筵歡飲。那一臺戲也在屯內開臺演唱起來，柳林屯的男婦老幼，成群出來看戲，外村的人也來了不少。這樣子，歡鬧了三天。賀、邱七人見鄉鄰興猶未盡，又自己拿出錢來，讓這戲班續演了十二天，一共熱鬧了半個月才罷。

從此，柳林七賢的名聲傳遍了離石縣通邑。人們都曉得柳林屯，有七位急公好義的善人；便是離石縣城內的紳士們，也都曉得了。人們都是趨炎附勢的，離石縣通邑的父老，幾乎異口同聲，稱揚柳林七賢慷慨。不過嫉富爭名的人，也不能說沒有。在當地也就有這三兩個人，發出冷言妒語來，暗暗議評這柳林七賢，那最不好的批評便是「招搖」二字了。

但是，柳林七賢自有消謗的妙法。誰要議論他，只要被他打聽出來，他們立刻想法子，跟這個說閒話的人拉攏親近。人都有見面情，只一拉攏，就沒有閒話了。而且，柳林七賢也真個能抓住了柳林屯的人心；自有一些人向他們七人獻殷勤，買好，透信，甘心做耳目。誰說七賢的閒話，不出三日，七賢必來拜訪。因此自經掛匾之後，柳林七賢的名聲越大，幾乎很少有譏諷他們的人了。

然後柳林七賢大放懷抱。七個人背地談話，每每點頭嘆氣，他們自己亦不免說出一言半語的冷話，便是「財帛動人心」，也就是「有錢買動鬼推磨」。不過柳林七賢到底是賢人，口中只說這兩句話，似乎有點感慨，行事上卻照樣很厚道，很熱腸，這就很難得了。

在掛匾之後，約莫過了三四個月，正當秋初，乍涼還熱的時光，忽從離石縣城外大道上，馳來了一匹駿馬。騎馬的客人，是個雄糾糾的壯漢；也就是三十來歲，生得濃眉海口，豹子頭，油黑的臉，左頦生一塊黑痣；穿一身短裝，頭上戴著一個大草笠，用來遮陽；鞍後帶著一個小包袱和乾糧水壺。一手提韁，一手揚鞭，沿大道急行。從這人身上的塵汗和馬身上的塵汗看來，這客人定是打遠方來的，並且他驅馬走著，不時東張西望，看樣子當然又是個外來生客了。走了一程，這人腳踏馬鐙，把身腰一挺，往前途遠遠一望。望到遠處的林村，又望了望面前的歧路，自己念叨著說：「大概應該往東走，往西不對。」旋又將草笠掀到背後，取出手巾來，抹了抹頭上的汗。

又自個嘰咕道：「好熱的天，真是秋傻子。我這次來，萬一尋不著他們，可就糟了。但願老盧說的話不錯才好。」

這騎馬客來到歧路前，略一遲疑，又往前邊看了一眼；然後加上一鞭，策馬往東道的土路走下來了。往東的土路，正通著柳林七賢屯。

透過了田野，路廣人稀，秋陽當頭，正是傍午時分。這騎馬客打算找個莊稼漢，打聽打聽地名，恰巧此地很僻，近處無人。這騎馬客又道：「索性進了前邊村子，再打聽吧。好傢伙，怎麼這麼死曬，曬得我腦袋瓜子疼。」把草笠又戴在頭上，順大路一直奔入柳林七賢屯，翻身下馬。

這柳林屯正是萬柳成行，濃蔭環繞，客人剛一進村，便覺十分涼爽。這客人且不趲行，也不問路，先找人問井。

這騎馬客人到了井邊，向井邊打水的人家，暫借繩桶。謝了一聲，顧不得說別的話，汲上水來，抱桶先痛飲了一陣，又飲了馬，然後從馬鞍上摘水壺。原來這水壺空了，灌了一壺井水，重新繫好，用手巾擦了手嘴，然後張目四顧。鄉間罕來生人，如今見了這急裝異樣的生客，這些鄉下人起了好奇心，老的少的，不知不覺圍繞了一群。那騎馬客一面道謝還桶，一面問道：「勞駕，你老，離石縣地界，有個柳林屯，離這裡有多遠？」旁邊站著的人，正是本村住戶李柱，應聲答道：「這裡就是柳林屯，你老找哪一位？」騎馬客道：「哦，原來到地方了，我要找本屯一家外來的客戶。這家客戶是異姓七個人住在一起的，有姓賀的，有姓邱的，有姓趙的。共總七家六個姓，不知這裡有這一家沒有？」

李柱一聽忙道：「有有有，你老是找賀大爺他們哥七個的呀。賀大爺在村裡。那片新蓋的房子，當中黑大門便是。」說著用手一指，旋又說道：「你老跟我來吧，我們住街坊。」李柱挑著水桶，引著騎馬客，一直領到了賀宅門口。騎馬客謝了一聲，一手牽馬，一手提鞭，便去叩門。

這時賀廉英正同邱鐵林、趙晉朋閒談往事，天南海北，正說得熱鬧。忽見門房長工老張進來道：「大爺，外邊有一個騎馬的客人找你老。」三人不覺納悶，賀廉英道：「是縣城的人嗎？」老張道：「不是縣城的人，是一個像從遠方來的生客，姓李，說跟你老是老朋友。」

三人不覺聳然，趙晉朋忙問：「這個人是怎麼長相？」老張道：「中等個，穿一身淺藍短裝，黑紅臉，三十來歲……」說著忽有所悟似的說道：「這個客人還說，大爺若想不起來，就說右邊臉上有塊黑痣的人來找。」一語甫出，三人互相驚駭。

趙晉朋道：「大哥，這不是黑斑牛李豹嘛？他怎麼會探到這裡來？」賀廉英搖頭不答，沉默良久，吩咐老張先將客人讓到客廳，就說主人出去了，這就回來，請他稍候一候。

第二章　莽漢弄詭七雄赴難

老張未及答言，邱鐵林忙道：「老張先別去，等一會兒。」回頭對賀廉英說：「大哥要仔細思索一下，如果是黑斑牛，必是尋我們去幹舊營生。我們躲到這裡，很不容易，依小弟看來……」趙晉朋道：「大哥，我看還是拒而不見，把他推出去，不就結了。燒香引鬼，後患很多，何必讓他進來呢？大哥不是說從此隱姓埋名，再不見這一般舊夥伴了嗎？」邱鐵林道：「四弟的辦法不大妥當，李豹既大遠地奔來，定然輾轉訪實我們潛居此地，我們躲著他是不行……」回頭對老張道：「你先出去站一會兒，不要去遠，聽我們喊你。」接著又道：「我們避不見面，硬推他出去，一來顯著我們太不夠朋友；二來，他是有嘴有腿的，他一定要乘夜入宅，偷窺我們。倘被他看見，他一定罵我們架子大，發了財，避友忘舊，向外宣揚我們種種不對！躲避他是決計使不得的。不過，大哥，李豹此來，一定沒有好事找我們的。我們該怎樣善遣他才好呢？」

賀大爺強笑道：「左右做人難，見也不好，不見也不好。」眼望著邱鐵林說道：「你教老張先支他一會兒，我們倒可以借這空隙，細細商量商量。四弟還是很沖的脾氣，你想李豹是推得出去的人嘛？一次推出去，還有兩次，三次，明著不見他，他會偷著來摸索你。」又低聲說：「說不定，他夜裡早已來探過道呢。」邱鐵林道：「大哥的心思，我猜著了。按從前的交情說，李豹的確推是推不出去，又不能裝聾作啞得罪朋友，既然如此，莫如痛痛快快讓他進來，我們相機而行，有難處索性當面拒絕他。」賀廉英道：「正是。」趙晉朋在旁聽了，點頭道：「這樣也好。」

於是三人商定，賀廉英告訴老張，教他把客人讓到客廳，倒茶打水；又囑咐他盡力招待客人，我弟兄這就出來。老張答應去了。他弟兄三人又計議了一陣，坐了片刻，便一同到客廳來。

這時李豹已由長工打來水，洗完了臉，正在一手拿著茶杯喝熱茶，一手揮扇去熱，站在客廳門口，直往裡探頭。一望見賀廉英等人出來，忙轉身丟下茶杯，吆喝道：「賀大哥，邱三哥，趙四哥，你們都好！想不到七雄弟兄，藏在山角落，做起隱士來了。真高，真高！」說罷大笑行禮。

賀廉英臉上微微一紅，忙搶上一步，抱拳道：「原來是牛兄弟，難為老弟會冒著熱天，大遠地來看我們弟兄，快到裡面坐吧。」賓主四人一齊落座。李豹不住揮扇喊熱，邱鐵林忙叫長工端出冰鎮梅湯，又命人上街買來許多瓜果。賀廉英便讓李豹寬衣。李豹笑道：「賀大哥，邱三哥，這是怎的，會和小弟我客氣起來了。卻也難怪，我真成了稀客了嗎？我也不客氣了。」一邊說，一邊脫下外衣，敞開汗衫襟，又端起梅湯壺，也不用茶杯，嘴對嘴，咕嘟咕嘟大喝了一氣，拍拍肚皮道：「好美！邱三哥真會體貼我，那勞什子熱茶，喝出我一身臭汗來。」

三人看他這樣野氣，不覺相視強笑。賀廉英笑道：「隔了這幾年，豹兄弟的脾氣，一點兒也沒改，還是這麼痛快。」邱鐵林道：「還是毛毛骨骨，野牛子脾氣！」那趙晉朋笑道：「三哥要罵他，就現在罵，這工夫他絕不會還嘴的。」又道：「黑牛哥，你是個地裡鬼，怎麼就會知道我們住在這裡？」李豹剛丟下梅湯，又綽起小刀來切瓜，一邊吃著西瓜，一邊笑道：「人的名兒，樹的影兒，憑河朔七雄，大名鼎鼎，走到哪兒，人會不知道？」邱鐵林道：「豹兄弟不要高捧了，說老實話，到底你有什麼事情，找尋我們弟兄來？」李豹笑道：「沒有事，一點兒事也沒有。只是我小弟很想念你們七位，偏巧我最近做著一樁買賣，路過太原，等到事情辦完，一想好久沒見你們哥幾個了，所以轉道來，想著探望探望你們幾位。不想一找，就居然找著了，你說多麼巧！」說著，呵呵的大笑起來，一對大眼珠，只瞧賀、邱。

賀廉英聽了，半信半疑，暗想：自己攜帶知己，避地隱居，本想瞞著他們在這柳林屯過些清閒日子，不再在江湖上鬼混了，好歹落個平安收場！哪知今日到底又教他們找來，真是沒法。心裡想著，因見李豹只揸自己，忙笑著說：「難為老弟，竟沒忘了我們。我們這幾年忙著整理蝸居，也未顧得出門訪友，竟讓客人找上門來。豹兄弟你別走了，在我們這裡住上幾個月吧。」

李豹吐舌道：「住幾個月，幾天我也待不了，我不是高人，我還夠不上隱避的譜兒呢。」轉臉看了邱鐵林一眼，仍向賀廉英說道：「大哥，楊氏弟兄和韓光斗、魯鳳臺，他們四位呢？」

邱鐵林道：「他們的住處，離這裡也不很遠，豹兄弟有什麼事，快說吧，不然無緣無故，大遠地跑到這偏僻的地方來，做什麼？你我多年弟兄，說話還用繞彎嗎？」李豹撲哧一笑道：「三哥脾氣還是這樣的急，這裡有一封信，你老一看就明白了。」

趙晉朋搖著扇子，晃著頭道：「夜貓子進宅，無事不來。我猜你一到，定有事故，果然不假。」賀廉英接過信來，打開了，匆匆看完道：「崔豪老友有了下落了，這卻可喜，只是……」緊皺雙眉，把信遞給邱鐵林道：「三弟，你看如何？」趙晉朋看著賀廉英的神色，忙湊到邱鐵林那邊，一同看信。這時賀廉英已經想好答對之詞了，向李豹說道：「李大弟，我弟兄自遭大難，灰心世事，恩仇俱泯。自從搬到柳林屯，我們七人，已經共同發下誓願，決心不再出去了。人壽匆匆六十年，爭名尚氣，所為何來？早晚無常一來到，免不了死，我現在只想吃個安頓飯，再沒有雄心了。無奈崔豪老友出世，這件事真是……」

回頭對邱、趙二人道：「三弟，四弟，你二人意下如何？」邱、趙二人頭並頭的，已將這信看完，正在低聲細語；見賀廉英問他二人，趙晉朋首先反問道：「大哥的意思怎麼樣？」邱鐵林道：「大哥，我想崔大哥既然出山，這件事簡直……要不然，等楊氏弟兄來了，大家仔細商量一下，再說吧。」

李豹道：「三位難道還有別的說辭嗎？依小弟看來，當年中州十弟兄，義氣凌雲，聲名赫赫，如今只剩下六個了。崔大哥自遭慘變，茹苦含辛，直到現在，好容易找到報仇的機會，無奈人單勢孤，不敢輕動。又想著求別人，不如求自己的弟兄，這才打發我來，奉請你們幾位。偏偏你們幾位，忽又謙遜起來。崔大哥不知費了多少力氣，方才訪著你們住的地方，大遠地打發我來。崔大哥也料到你們哥幾位，不願再出山了；只是這一次復仇事大，無論如何，也要煩求你們幾位幫一下忙。他說，只要能報了仇，請諸位立即回山；哪怕將來續有後患，敵人另約能手，冤冤相報，死纏不休，也絕不再來煩諸位了。鐵錘打砂鍋，就是這一下！」

說罷，向三人深深打了躬道：「我想諸位，定能體諒崔大哥這一份苦心，我這裡先替崔大哥謝謝了。」

三人忙站起答禮，賀廉英道：「豹兄弟，不必如此，老友崔豪，既然遠道來邀，本當義不容辭；怎奈我弟兄一來看破紅塵，心情已冷，二來此間未了之事太多，一時也丟不下。這索性等楊氏弟兄回來，商量再說吧。豹兄弟遠來辛苦，今日我們先給豹兄弟洗塵。」吩咐長工預備酒飯，又預備浴室，讓李豹洗澡。李豹笑道：「大哥新宅子真闊，還有浴室。但是大哥早點走，比讓我洗澡吃飯強。」說罷，自去洗澡去了。

賀廉英和邱鐵林等，原來是北方的武林健者，與魯桐之父魯兆洪等，號稱河朔七雄，在直隸省大名府，開著一座會友鏢店。後來惹了事，一度暫入綠林避禍；等到遇赦案消，七個人又擺脫了綠林，開會友鏢店，暗應客運。數年後，在中原得與南陽三傑崔豪、崔傑、李玉川的聯勝鏢局連了手，合併為南北聯友鏢局，總店設在河南開封府，由河朔七雄，在直隸省主持北路，南陽三傑在豫鄂主持南路。一時聯友鏢局包攬南北商運，買賣興盛之極。不料南北鏢局聯合，搶了長沙振遠鏢局的生意。振遠鏢局的總鏢頭葉自成，一來妒名，二來不甘心丟失了許多買賣，故此潛存尋隙決鬥之心。武夫性直，不滿意的話，偶爾揚出來，聯友鏢店漸有所聞，一笑置之。一日聯友又奪了振遠一批生意，兩方言語衝突，竟動起手來，結果振遠鏢局吃了人少的虧，有好幾個師傅受傷。振遠鏢局總鏢頭葉自成聞耗大怒，忙約了許多同行，和武林名手西川四霸，重到肇事地點找場。一方是有意動武，一方是猝不及防。河朔七雄的第一人魯兆洪，和南陽三傑的第二三位，崔傑、李玉川，都死於非命，南陽第一傑，崔豪也受了傷，落荒逃走，不知去向。

河朔七雄賀廉英等，在北方支店，聞信大怒，連夜南下，切齒尋仇，到抵兩湖時，葉自成和崔豪，一仇一友，都不見了。經一番搜尋，只尋到了葉自成的兄長葉自元，把他殺了；又殺了葉氏的兩個師弟，暫吐一口怨氣。七雄到處尋找葉自成，及西川四霸等仇人，不覺流落江湖，又入了綠林。賀廉英等把他們的老大哥魯兆洪的子嗣魯桐，扶養成人，又湊成七雄之數，一晃數年，弟兄七人到底尋著西川四霸，殺了一霸，三霸逃走，算來仇恨是報過了。河朔七雄，由此深感到刀槍上的生活太為艱險，江湖上非可久戀之鄉，更風聞崔豪未死，已經看破紅塵出了家。這七人一想，也要退出武林。經再三商議，決意洗手，於是慢慢地躲開舊侶，慢慢地改業，慢慢地物色退避之所，好容易才移到這柳林屯，於是擺脫開江湖，埋首田野了。

這就是賀孟雄（廉英）與崔豪昆仲一番淵源，這時李豹突然來請，賀孟雄實在是躊躇不決。不答應吧，南陽崔豪突然出山，派專人來邀，駁不開當年同生共死的情面，答應吧，洗手已久，武功生疏；這幾年好容易佈置了這個退隱的地方，實在捨不得丟下太平飯，再出去拚命鬥狠。他心中打鼓，目觀趙、邱二人，好久沉默不語。

趙梓材（晉朋）道：「大哥你意下如何？崔豪老哥當真二番出世，我們想前情，理難袖手，這件事真不好辦呢。」邱季剛（鐵林）也在那裡，眼望著賀孟雄，等他打準主意。賀孟雄卻也打不定主見，徐徐說道：「還是等楊氏弟兄回來，再聽聽鳳臺的語氣，我們再作定規不遲。」二人聽了點頭，又議論了一會兒。不一時李豹洗完澡出來，說道：「好痛快，這些日子也沒有今天舒服，我只怕大遠地撲來了，你們不在這裡，那真害苦我了。」又問賀孟雄道：「大哥怎麼樣？我看大哥還是去的好，一來可以替鳳臺的先人報仇，二來也不辜負了崔豪大哥這幾年臥薪嘗膽的苦心，三來當年名盛一時的十弟兄又可重聚，很值得再出山大幹一下哩。」

賀孟雄道：「豹兄弟別著急，等楊氏弟兄回來，我們趕緊地商量就是。」說著抬頭看了天色，向李豹問道：「豹兄弟你餓不餓？」趙梓材接口道：「不餓。」李豹笑了一聲道：「我肚子裡有會說話的蛔蟲。」邱季剛不覺失笑道：「罵得脆！」忙吩咐長工趕緊開飯，一霎時，調開桌椅，同時趙梓材吩咐長工，去通知韓、魯諸人。

楊氏兄弟出外已十多天，魯桐這時恰攜嬌妻，作新秋郊遊，也沒在家；只來了韓凌雲（光斗）一個人。乍和李豹見面，韓光斗微露詫異，不曉得李豹怎麼會尋來的。但故友相逢，少不了敘舊誼，話離情，兩個人很談了一會兒。少時飯到，就圓桌面，賓主隨便打圈坐下，賀孟雄給李豹酌了一杯酒。等到三杯人肚，賓主開懷暢飲，不覺話多起來；等到酒過數巡，賓主猜拳行令，酒酣耳熱，越發地歡呼大叫，武林本色盡露；邱鐵林、趙梓材全現形了。

只有賀孟雄還支持得住，向邱、趙、韓微微示意；趙、邱、韓三人這才斂容低聲，恢復了鄉紳派頭。賀孟雄為了打岔，向李豹問道：「豹兄弟，你先不要鬧酒瘋，我問你：崔豪老友，這幾年究竟哪裡去了？當年聯友鏢局，突逢不測；等我們聞耗趕來，崔大兄已自不見了。我弟兄也曾到處尋找，不但崔大兄找不著，索性連他的家小也沒了影。二三年的工夫，竟沒打聽出來他的下落，我們疑惑他死了。直到事情冷落下去以後，又過了二三年，我們影影綽綽地聽人傳說：他看破世情削髮出家了。後來連問數人，都這麼說。我們弟兄也很灰心，既已決計洗手，所以沒再找他。沒想到一晃十多年，今天他又出世了。到底這些年，他藏到哪裡去了？都做些什麼事情？」

李豹道：「崔豪他沒死，也沒有出家；出家的話，大概是他故意放出來的謊言。」賀、邱忙問：「是謊話嗎？」

李豹道：「底細情形，我也不太清楚，小弟不過在地裡鬼盧宏那裡，聽到崔豪二番出世的消息。是他交給我一封信，說是崔爺託付我，叫轉送給你們幾位。」

邱季剛道：「不用說了，豹兄弟，你一定是從地裡老盧那裡，得到我們兄弟幾個人的住址了。」李豹一挑大指道：「你猜著了。」趙梓材道：「老盧真有兩下子，我們搬得很機密，覺得沒人知底，不想到底瞞不過他。」說罷點頭，似有讚許之意。

李豹笑道：「要不怎麼叫地裡鬼呢？若不是他，我又怎麼會找得著你們哥幾個呢？」賀孟雄道：「豹兄弟說出實話來了。我再問你，你到底見著我們崔大兄沒有？」

李豹哈哈大笑道：「我只跟崔爺匆匆見過一面，所有詳情，我全是聽老盧說的，他說在你們經過變故後，一年多的樣子，在直隸一個僻地方，碰到了崔大哥，那時崔大哥神氣非常的難看。老盧問他，為什麼弄到這個樣子？又告訴他：你們哥幾個正在尋找崔爺你。為了這幾次變故，說你們哥幾個已經灰心，將鏢局歇了業，到處尋訪崔爺和仇人。又說你們現在重入綠林，仍在兩湖暗中活動，勸崔爺趕緊找你們去。那時崔豪比你們還灰心，又要出家，又要自殺。他告訴老盧，說他病了有一年多的樣子，幾乎死了，現在剛好一點。又說已經無心人事，決意洗手了。老盧勸了他一回，他又說要往關外去躲避一時，他說他聽人傳言，葉自成和西川四霸出關去了。看他那意思，還是想報仇，要出家的話，只怕一時的意氣消沉罷了。他又對老盧說，如果見到你們哥幾個，務必帶個口信。從此，崔豪就沒有消息了。直到去年，崔豪大哥突然又露面，一露面就努力尋訪你們哥幾個。你們哥幾個藏得真嚴密，直找到今天，才教我找著了。」

賀孟雄不覺納悶，怪不得這幾年沒有訪著崔豪，原來他到關東去了，可是老盧也沒有送信來。也許老盧要送信，卻不知我們的下落，就把訊息隔斷了。崔豪幾年在關東到底做了些什麼事情呢？隔了這些年，潛伏不動，怎的忽然又動了尋仇之念呢？

李豹看賀孟雄的神色，知道他心中疑悶不決，便道：「我知道大哥是想把崔爺的事情打聽明白，方才放心，無奈小弟也不知詳細，只從地裡鬼老盧那裡聽了一些，現在原封都告訴你們了。偏偏那時老盧，也因為他有別的事，忙著要上山東，來不及細說，當時我也很悶得慌，可是沒法子多問。大概說起，崔豪他自從關東回來，不知怎的，又燃起報仇的心理來，到處邀人幫忙，到處打聽你們哥幾個的下落。他這幾年在關東大概混得不壞。我和他見面，是在碼頭上，彼此都同著旁人，當時小弟未顧得細問，不過零零散散聽了一點罷了。」

趙梓材笑道：「你倒機靈得很，不肯說，便不肯說罷了，還推得一乾二淨。」李豹大嚷道：「趙老四，你這是什麼話？我李豹對朋友有一句說一句，有兩句說兩句，向不藏私。難道跟你們哥們兒，我還說瞎話搞鬼，留一半擱在肚子裡不成？」越說氣越粗，直眉瞪眼，和趙梓材嚷起來。趙梓材方才要回言，賀孟雄忙向趙梓材使了一個眼色，讓他不再說下去。一面提起酒壺來，給李豹又斟上杯酒，說道：「豹兄弟你別急，四弟誠心慪你玩呢，消消氣，喝酒罷。」

李豹道：「我明白，我知道，四爺是慪我。小弟的脾氣，就怕人說我交朋友留私心眼。小弟我拍胸脯子交朋友，絕不是那種人哪！」因見賀孟雄斟過酒來，忙道：「大哥這是怎的，怎麼又和小弟客氣起來了。」又笑道：「還是賀大哥知道我的心，別看我和趙老四嚷，那是我看得起他，拿他當朋友。要是換個別人……」趙梓材笑道：「承抬愛，承抬愛，若是換個別人，就該白刀子進去，紅刀子出來了？可是你的話直到現在，我趙四將軍還是信一半，拋一半，你這個人雲天霧罩，你就說出大天來，我也不敢全信，到底我也得給你的話打個折扣。」

黑斑牛李豹此時已有酒意，趙梓材這話照樣綳得很緊，賀孟雄唯恐李豹借酒使瘋，又要大吵。可是趙梓材也好像有了酒意了，又好像故意拿話擠李豹，賀孟雄和邱鐵林都怕李豹著惱。不想李豹張了張嘴，直翻眼珠子，不但沒急，反而有點心虛似的，再三描說自己講的全是實話。崔豪二番出世的經過，李豹原本語言不詳，卻教趙梓材拿話一擠，他又把崔豪的事重新說起來了。

據黑斑牛李豹講，轉據地裡鬼盧宏，親聽南陽三傑崔豪的自述，十餘年前，聯友鏢局所遭的慘變，可以說是血淋淋的一樁滅門大禍。葉氏雙雄率同門師弟，勾結西川四霸，喬裝強盜砸明火，夜襲聯友鏢局；驟出不意，南陽三傑死了二人，崔豪負傷越牆敗走。他也倣法仇人，乘夜奔至葉自成家中，縱火殲仇。卻是仇人的家小已經潛匿，只殺了幾個旁的人，燒了他們的一處宅子。崔豪怨氣稍出，他也怕仇家再來殺害他自己的家小，便又急急奔回家中，吩咐家人，火速收拾東西，趕快搬家。

他家本無別人，只有老母妻室和二子，跟族弟崔傑老母妻子。他的長子年已十二三歲，爺倆要立刻帶領家眷逃走。對家中只說保鏢得罪了仇人，怕仇家前來暗算，細情沒肯說。但就這樣慌促的情形，已使母妻幼子聽了大駭；略收拾細軟，當夜逃出一百數十里。不敢投奔聯友鏢局北方支店，去尋找七雄；恐被仇人料到，隨後跟蹤趕來。

他只落荒奔逃，第二日又逃出二百多里，到了傍晚，崔豪便支持不住，勉強索取紙筆，寫下所要去的地方，是往開封他姐丈家。崔豪自覺頭暈，發燒口渴，他自知失血過多，並義連日奔走，過於勞累，未得休息。他的長子崔澤年雖幼小，已能對付辦事；妻與子合計著煩店家請來醫生，開了藥方，買了藥，煎好，給崔豪吃下去，將息了一夜。又討了藥方，預買了幾副藥，仍不歇息，續往前逃。

崔豪本要把家小安插好了，自己再北上，尋找河朔七雄，共謀殲仇之計。哪知帶病趕路，一路又坎坷不平，好容易熬到開封，便自病倒。崔豪他又悲又恨，又急又氣，又十分後悔；因為這次事的起因，實怨自己太任性，又太大意；因任性而結仇，因大意而受害，以致傷亡了許多好友，一個族弟也死了。

他本人創傷未癒，更惦記著亡友李玉川的家眷，又痛恨仇人，這樣夜中裝強盜暗襲，有失江湖正氣，實令人痛恨。

他這樣胡思亂想，心不寧帖，病自然好得慢。由於失血勞累，更轉成夾氣傷寒，這一躺足有一年多，未能起床。手中積蓄的錢財，也差不多用完。他姐丈本是小經紀人，手中並不充裕。及至崔豪病好了之後，便想糾友報仇，怎奈兩手空空。打聽河朔七雄，七雄又已淪入綠林，沒有下落。沒有錢用，既不好意思向姐丈去借，想作別的生意，又什麼都不會；於是擠來擠去，崔豪也在北方入了綠林。做了幾水生意之後，手下有了富餘，先把家小安置在一個妥當僻祕的地方。便著手先打聽李玉川的家小，要救助他們。不想人事變遷不測，這一年多的光景，李玉川的家小，也不知逃亡到哪裡去了。

崔豪十分傷感，隨後又仔細打聽河朔七雄的下落，這時候七雄已到兩湖，當強盜尋仇去了。崔豪正要奔往兩湖，忽又聞對頭葉自成逃入四川，又有人說這葉自成給一家客商保鏢出關，奔千金寨去了。崔豪慌忙設法追問，打聽得仇人赴川是假，出關是真。崔豪便又不顧一切，急忙追蹤下去，一路邊追，邊訪，一直追出山海關。想是因為隔日稍久，竟把線索追斷了。崔豪逢人打聽，恍惚聽人說，葉自成大概竄到千金寨，投奔掘金礦的朋友去了。崔豪望風撲影，又追蹤到千金寨。可是一到千金寨，再打聽葉自成，竟如石沉大海，聲塵俱泯，再也踏訪不著了。崔豪本人旋在千金寨，別有遇合，竟在那裡留戀了好幾年。大概手底下很積蓄了一些錢財，又交了幾個剖心瀝肝的朋友，他這才進關。等到他一到中原，忽又獲得仇人的消息，原來仇人老早地從關東溜回來了，而且在江湖上，繼續活躍起來。崔豪一怒，掀起宿恨，這才祕密地佈置復仇的事，四下里尋邀舊友。

黑斑牛李豹，把南陽三傑崔豪十年埋沒，再度出世的話，照這樣又仔細地描摹一番。眾人傾聽良久，莫不嘆息。賀孟雄勾起舊情，又在酒後，竟忍不住落下淚來。李豹忙道：「賀大哥，賀大哥何必輕拋英雄淚？與其你隱居在此地掉眼淚，何如索性找了崔爺去，一同復舊交，報舊仇？」賀孟雄拭淚搖頭，心中好似很難過。

邱鐵林為了想借話岔開，向李豹發問道：「李兄弟，你說了半天，崔豪大哥他到底現時住在哪裡？」

李豹道：「他行蹤不定，總在河南歸德一帶出沒，常駐腳的地方，就在歸德李家莊捲毛獅子李景明家裡。」賀孟雄默想良久，方才問道：「崔大兄既然決計復仇。他的助手，都約了誰？」李豹道：「據小弟所知，有紅頭子霍真，小燕子霍玉，捲毛獅子李景明，還有江西火道人，遼東大俠三龍之一的龍天照。崔大哥想，有這幾個人，再加上你老弟兄七位，人數很夠了。」

賀孟雄點頭道：「龍天照確是把好手，小霍也有兩手。」又問道：「葉自成那方面的情形，崔大兄也曾打聽清楚了沒有？」

李豹道：「聽說崔大哥也曾不斷託人打聽過，對他們的消息，想必也知道一點。他們葉家現在的幫手，就是大哥當年的仇人，有西川四霸的兩霸，和雌雄劍袁平、鐵沙彭郎等人。」賀孟雄又道：「那麼他們知道咱們這裡的情形不？」

李豹一愣道：「這可不曉得。」不由得瞪眼看著賀廉英。賀廉英道：「你們也太疏忽了，知己知彼，百戰百勝。你想，崔大兄加上你我弟兄八人，就是九個人了，再約幾個，就十幾個人開外了。難道我們弟兄尋仇，對頭他就一點也不摸頭，一點也不防備嗎？彼此都是仇家，他就真的一點也不打聽你們的消息嗎？」眾人點頭稱是，李豹拍腿道：「還是大哥想得周到，可是我想崔豪崔大哥藏得很嚴謹，佈置得很機密呀。」邱季剛道：「若要人不知，除非己莫為，世上沒有不透風的籬笆，那怎麼能瞞得住？」李豹道：「既然如此，你們七位趕快動身罷，我也回去，把這話對崔大哥講一講。」趙梓材道：「豹兄弟你先別急，現在動身，明天也到不了，並且我們弟兄還得商議商議。酒喝夠了吧，別耽誤了飯。」

於是大家喝完酒，趕快用飯。李豹想是奔波日久、為友心急。至今日才得尋著七雄，一來心事已完了，二來老友重逢，其樂可知，不覺喝了一個大醉。賀孟雄吩咐長工扶他上床，就在客廳睡了。他們河朔七雄，卻不肯休息，悄悄出離賀宅，到楊氏弟兄家，商量了許久。

打定了主意，又給魯鳳臺夫妻送個信。魯氏夫妻偕游野外，此時還沒有回來。

次日差不多到了晌午，黑斑牛李豹一醉方醒，連喊：「好酒，好酒！」抹抹眼問道：「什麼時候了？」長工答道：「李爺，午牌過了。」李豹哎呀一聲，一骨碌爬起道：「我怎麼睡了這大工夫。」穿鞋下地，向長工大聲說：「快請你家主人來！」這長工忙打臉水，泡茶，備早點，一面去請主人。李豹見了賀孟雄問道：「大哥商量得怎麼樣了？可全去嗎？什麼時候動身？崔大哥急得很呢。」

賀孟雄笑道：「你別忙，你就是忙，我們哥幾個也不能全站起來跟你走，頂多跟你去三四個人。這三四個人最快，也得過三四天才能動身。」李豹道：「怎麼，不都去嗎？」

趙梓材道：「都去可怎能行？你想得倒麻利！」李豹道：「哦，還分兩撥走嗎？你們怎麼學的這樣黏纏？要走，還不站起來就走，咋的這麼婆婆媽媽的？」

賀孟雄笑而不答。李豹道：「哦，哦，我明白了，你們七位是功成名立，避居退隱的高人了，臨走之先，還得要佈置佈置，鋪排鋪排，一塊兒走又惹人注目。不像我這粗人，兩肩打一張嘴，拔腿就走。」賀孟雄道：「你說的一點也不錯，我弟兄早就厭倦了江湖上的生活，紅塵中的風險，這才更名隱姓，易地潛居，本來是要永遠退出武林的，不想今日到底被你們掏出來。」趙梓材接聲道：「大哥的話很對，按理說我們本當不去，又怕臊了你黑牛的面皮。去呢，又真不是情願。這一回不怕你惱，總算是教你逼的，再為馮婦，當然我們得小小地佈置一下。」

李豹笑道：「臊不著我，我可不承你們的情。你不要淨揀好聽話說，你們別說是隱居，就是出了家，跳出紅塵外，可是南陽三傑死了兩人，只剩下一個活的。搜根窮源，你們河朔七雄也不得辭其咎。現在崔豪死而復生，二番出頭，硬要邀你們出去，一塊兒找仇人拚命，你們河朔七雄不看死的看活的，不看活的看死的，恐怕是義不容辭，想推託，也推託不開吧。」

賀孟雄、趙梓材哈哈的笑了。

河朔七雄真是這樣，雖然決計退隱，無奈崔豪弟兄，跟他們七人曾有共生死、同甘苦的誓言。現在崔豪出頭，要重修舊怨，他們七個人右思左想，不能坐視；這一點李豹看得明明白白的。

當下，河朔七雄，由賀孟雄、邱鐵林、趙梓材三人做主，先給出門在外的楊氏弟兄，派急足送去一個密信。又候到魯鳳臺夫妻郊遊回來，三個人背著李豹，到魯家內室，把崔豪重新出世，糾友尋仇的話告訴了他。魯鳳臺悼念父仇，當然很願意下山。不過他深感賀孟雄救護養育之恩，事事不肯違背義父，靜靜聽完了賀孟雄的話，回憶前情，心中悲極，半晌才說：「叔父的意思怎樣呢？崔叔父既然二番出世，要邀大眾報舊仇；可是小侄追隨叔父退隱已久，小侄對此事並無成見，一切聽候叔父的吩咐。」又問邱、趙二人道：「二位叔父意見如何？」

賀孟雄等嘆息道：「魯賢侄，你不要這樣曲從我們的拙見，你把你個人的本意儘管說出來。我們大家公議。」魯鳳臺又謙讓幾句，轉身跟他妻子商量了一回，遂向賀、邱、趙三人表示道：「如果叔父靜居已久，不願出山，那麼有事弟子服其勞，小侄可以追隨李豹去。」賀孟雄嘆息道：「我知道賢侄一聽報仇之事，必然踴躍願往。但是我怎肯教你一人去呢？還是我們一同去吧。我們當時已經殺死西川兩霸，刺死一葉；我們這邊是南陽三傑死了兩人，再加上你父，按說三條命抵三條命，仇是報過了。但他們乃是首先挑釁，又是伺隙暗殺，居心可恨，我們無論如何應該把葉某這個禍首分了屍，才算斬草除根，也可告慰你父在天之靈。所以崔豪這番尋仇，我們論情論理，都該跟他協力，不能袖手旁觀。」

魯鳳臺聽了，含淚說道：「叔父既顧了活的，又不忘死的，小侄實在終生感激。小侄現在就叫您侄婦收拾收拾，敬聽您的指揮。您說哪天動身，就哪天走好了。不過楊家二位叔父，現時全不在家，我們等他不等呢？」

賀孟雄遂將分兩批前往的話，告訴魯桐，魯桐點頭稱是。

到了第二天，引領魯桐見過李豹，李豹叫道：「哎呀，這就是魯世兄！一晃十多年，已然是個成年的壯士了。真是的，你和你令尊魯兆洪老前輩，相貌完全一樣！」談了一回，又問楊氏弟兄，回來沒有，賀孟雄道：「他二人還沒回來，我們先打點走吧。」

四日之後，一起五人，改裝跨馬，由山西直奔河南大道。這五人就是賀孟雄、邱鐵林、趙梓材、魯鳳臺、李豹等。七雄等因恐一同出門，過於招搖，惹起七星屯鄉人注目，故此分撥出發。那楊氏弟兄和韓凌霄三人，約定隨後再趕來。一行五人，策馬入中原，一路上談談講講，這賀、邱等總有點怏怏不快。

那黑斑牛李豹為人熱心，為友奔忙這許多日子，今日才把七雄找到，滿心想著：河朔七雄既然更名隱居，要誘他們二次出山，一定費些口舌，甚至碰個釘子回去。不想並未曾費什麼力氣，只說出崔豪復活，便把他們請出來，不由心中痛快，形於辭色。走著走著，大喊小叫，抄起馬鞭來，回手一下，撒開了馬，順著大道飛跑下去。

賀孟雄忙道：「豹兄弟，你要做什麼？」李豹也不回答，扭頭一笑，仍是縱馬直跑。趙梓材也是個好事的人，忙道：「大哥，咱們也撒馬吧，這樣慢走，多沒有意思。」說著，一拍馬，也跟著跑下去。賀孟雄無法，只好與邱鐵林、魯鳳臺，也跟著追下來。一氣跑了一個多時辰，方才勒馬緩行。賀孟雄埋怨道：「你們太不小心了，剛剛離開家門，就這樣明目張膽地跑起來，豈不惹人注目？」李豹笑道：「大哥太膽小了，就有人注目，又該如何？誰還敢在老虎嘴上拔毛。敢在河朔七雄門前炸刺不成？」賀孟雄道：「豹兄弟再別捧了，你要知道，捧得高來摔得重。」趙梓材道：「黑牛也不知從哪兒學的這麼油嘴滑舌的。」李豹一笑，五人仍舊趲行。依著賀孟雄的囑咐，為免引人注意，只在荒郊人煙稀少的地方，方許縱馬。

連行三日，並未出事。到第三日傍晚，五人順著大道前行。時當新秋，陽光西斜，晚霞映彩，前面大道忽然展開了一道長堤似的平坦路。路邊雜植著幾行長楊細柳，晚風徐徐迎面吹來，沙塵不起，大有秋意。眾人只顧趕路，人和馬都出了汗。踏上這林蔭坦途，不禁各敞衣襟，迎風納涼。趙梓材先說道：「好涼快，一路上風塵僕僕，又曬又嗆，整天要都是這樣涼快的天氣，夠多好？走著也不睏，又不曬得慌。」回頭罵李豹道：「黑牛這個倒楣鬼，我們哥幾個在家舒舒服服地享福，硬讓你給掏弄出來，在道上挨死曬，吃塵土。」挽袖子自視胳臂道：「你看看，肉都曬曝了皮。黑牛，你真是個九頭鳥！早不來，晚不來，單在這時候來……」其實新秋氣爽，比冬天夏天全強，不過總比不上在家納福好。李豹笑嘻嘻地答道：「趙四爺，千錯萬錯，都是我黑牛一個人的錯；四爺多包涵，誰讓咱哥們不錯呢？」趙梓材道：「誰跟你不錯，少套親近罷。」不由得全笑起來了。

兩個人正在門口，忽然前途捲起一團塵埃，蹄聲嘚嘚，從對面馳來一匹馬，遠望是一個藍衣人騎的是一匹紅馬。那邱鐵林眼尖，張目一看，「咦」的一聲，回頭忙叫賀孟雄道：「大哥，這人和馬都有點眼熟，像在哪兒見過。」說時，那匹馬馳至切近，李豹突然把唇一撮，希留的一聲呼哨。那紅馬上的藍衣人，聽見聲音，忙勒住馬，朝這邊打量。李豹喊道：「季二，是你嗎？」回顧七雄道：「你們看，第二批催請的人來了。」

那人見是李豹，忙在馬上唱喏道：「李爺，辛苦了。」立即下馬，湊了過來；又見賀孟雄等四人，便道：「這四位可是七雄弟兄嗎？」李豹笑道：「正是！」大家一齊下馬相會，李豹忙將賀孟雄、邱鐵林、趙梓材、魯鳳臺，一一給季二引見。那季二忙上前行禮道：「小人季二，奉崔爺之命，來催請諸位的。」

回頭向李豹道：「李爺，久聞河朔七雄大名，不是七位嗎？怎的只四位，那三位呢？」

李豹說道：「他們七位是隱君子了，一塊兒出來，怕惹麻煩，不像咱們弟兄，能夠拿起腿來就走的，那三位隨後就來。」

季二點頭，方要向七雄寒暄，李豹性急，搶著說道：「季二，你從後面趕來做什麼？是崔大爺那裡，又出了什麼岔嗎？還是人家不大放心我，打發你來幫忙墊話嗎？」

季二臉一發呆，看了看七雄，忙答道：「李爺可別多心，人家派我來，不是不放心李爺，實在是讓我追你，有一件要事，要趕著告訴你，請你轉達河朔七雄弟兄。他們那邊要先下手為強，已經暗暗派下人，要在半路上邀截諸位，崔爺、盧爺為這事非常著急，恐怕你們在路上不留神，受人暗算，故此派我連夜速來送信，好教諸位路上有個防備。一併請諸位先奔靈寶，次到洛陽，不必再到商丘了。」

第三章　醉毆惡少

眾人一聽，各個互視，莫不驚異。李豹先跳起腳來，向季二道：「是哪個不小心，走漏了消息？」季二答道：「李爺，這可是不知道是哪個走漏了消息。」李豹是個好勇鬥狠的漢子，不脫江湖豪氣，立刻大叫道：「好得很，好得很，娘拉個蛋！這幾天走悶路，走得真不痛快，恨不得跟人鬥一鬥，才解悶呢。不想葉自成倒是這麼一個會湊趣的傢伙。」回頭撫摸自己包袱內的折鐵刀道：「寶貝，你又該發發利市了。」又問季二道：「他們在哪裡等著我們？」

未等季二回答，邱鐵林笑了，說道：「反正是在晉豫大道上，還過得了嗎？」李豹自己也笑了，道：「我一聽說有架可打，什麼都忘了。」眾人看他的樣子，不覺好笑，趙梓材揶揄道：「狗改不了吃屎，總是這麼毛頭毛腦的，難為都長得那麼大了。我說葉自成，你藏在哪裡了，還不出來，跟黑牛鬥鬥！」說得眾人全笑了。

賀孟雄揮手道：「諸位安靜些，不要吵，這件事的確該提防。敵人在暗處，我們在明處，一不小心，就會吃大虧的，我們要好好地想一個對付的法子。」回顧季二道：「足下給我弟兄送信，我們弟兄感激不盡，我這裡謝謝了。」邱鐵林、趙梓材、魯鳳臺也隨著行禮；季二忙還禮不迭，道：「不敢當，不敢當，都是為朋友辦事，何足掛齒？小人不過是給陶大爺……」說著忙又改口道：「我是給崔大爺跑跑腿，送個信罷了，比不上諸位是給朋友賣命去的，這又算得什麼呢？」

賀孟雄回頭眼望邱鐵林、趙梓材、魯鳳臺和李豹道：「咱們還得給楊氏弟兄他們哥三送個信去。」李豹道：「就讓季二辛苦一趟得了。」賀孟雄道：「不必再勞動人家了，我看還是自己人送信去好了。」李豹要說話，忽的念頭一轉，道：「要不然，小弟再返回一趟去，好不好？」說罷便要勒馬，賀孟雄忙擋住道：「李大弟，且慢走。」李豹道：「著，著，大哥總是這般慢吞吞，沒的不把人急死。」

賀孟雄道：「李大弟，你不知道，我讓自己人去，自有一番道理。」李豹咕噥道：「我怎不知道，左不過是怕人知道你們的住處罷了。」季二這時插口道：「我看還是我去吧。」賀孟雄道：「正要和季二兄打聽崔大兄的最近情形，足下如何能去，並且我還有話囑咐他們幾個。」說罷，回頭對邱鐵林道：「三弟，你回去一趟吧。」邱鐵林點頭答應。

賀孟雄見李豹在一旁直搗鬼，因笑道：「李兄，你說些什麼？」李豹道：「沒說什麼，我只念叨像這樣走法，不知什麼時候，才能趕到地方。」賀孟雄不答，招呼邱鐵林過來，又附耳說了些話，方目送邱鐵林走了。李豹道：「我的賀大爺，快走吧。」大家一齊上馬，繼續往前行，轉眼走完了長堤坦途，天色已晚，旋即投居止宿。飯後賀孟雄、趙梓材、魯鳳臺向季二打聽崔豪的近況；季二和李豹你望我，我望你，回答得迷迷糊糊。趙梓材頗覺不解，賀孟雄心中微微動疑，當下也沒說什麼，次日上路，就隔過去了。

他們走的路線，乃是起旱。這幾個英雄都不喜歡坐船，嫌船行氣悶，且又緩慢。大家先奔靈寶，由靈寶再赴洛陽。這幾年河朔七雄流連晉陝，久未入豫，正似滄海桑田，人事變遷不小；不知中原一帶，近年出了甚樣的後起英雄，打算順便探聽一下，再給崔豪轉約幾個好助手。

途中賀孟雄囑咐趙梓材、魯鳳臺道：「葉自成已知崔豪兄弟來約咱們，我們行路投宿，一切得要小心，不要糊里糊塗地送了命。」又對李豹及趙梓材正色道：「李大弟和四弟，你們倆是頂能惹的，尤其是酒後胡言亂語。這次在路上千萬小心，不要再惹出意外的麻煩來，節外生枝。耽誤了正事，那就太對不起朋友了。」李豹莊容答道：「小弟玩笑是玩笑，辦事是辦事，怎敢貪酒誤了正經的。大哥若不放心，由打今日起，咱們全戒了酒怎麼樣？誰再喝酒，誰是狗種。」賀孟雄笑道：「不要罵誓，你只少喝點就得了。」

自此李豹果然少說話，多行路，酒也不喝了；賀孟雄等人勸他少喝一些，他當時決意不飲。哪想到戒酒這件事，若是有忙事不喝時，倒不覺得怎樣，這一有心斷酒，李豹每到吃飯時，便想起酒。只是話已出了口，又不好反悔，只覺喉嚨似有手攪似的發癢，只好咬牙忍受。頭兩天感覺還好，後幾天，只見他沒精打采，話也沒有了，騎著馬打瞌睡幾乎摔下來。眾人起初笑他，末後怕他饞出毛病來，就勸他開戒。李豹實在忍不住，借辭開齋，立即眉開眼笑，半斤酒下肚，話也多了，精神也來了。每天走的道路，也顯著快了。趙梓材笑道：「李黑牛是酒鱉吧，怎的離開酒，就沒了靈魂了。」

李豹笑道：「趙老四，老鴉落在豬身上，淨看見人家黑，看不見自己黑。我要是酒鱉，你可算個酒龜了。」原來趙梓材也是個酒徒，不過酒量稍較李豹為次，喝得又有分寸。因為喝酒有同好，他二人的交情比別的人還深些。

行行重行行，這一日到達靈寶，時候大約在申時左右。賀孟雄道：「哥們收馬，咱們先找店吧；找好了下處，然後再說別的。」

眾人找了一家字號叫聚興店的大客棧，包了三間上房。賀孟雄告訴店家，好好地照應馬匹。店家連忙答應，打來洗面水，眾兄弟各個洗了臉。正要泡茶，趙梓材性急先說道：「大哥，咱們先去吃飯吧，小弟我可早餓了。」賀孟雄眼望眾人道：「你們不再歇一會兒嗎？」李豹道：「得了，大哥，這樣一說，走了這兩步道，就要歇息，還稱什麼好漢，簡直是成了豆腐渣了。」眾人笑道：「還是我們黑斑牛牛爺快人快語。」

李豹站起來道：「走，外面吃去。」這幾個人都是久經熬煉過的身體，鐵打的英雄，也不喝茶，也不休息，全都站起來往外面走。賀孟雄道：「都帶著傢伙了嗎？」紛然答道：「都拿著了。」李豹道：「哎呀，我沒有拿。」季二道：「我這裡有富裕。」季二身上有兩把匕首，分給李豹一把。趙梓材道：「大哥太小心了，葉自成哪會知道咱們這麼詳細清楚。」季二道：「眾位還是小心點好，多帶一把叉子，不算累贅。」說著一同出了店門，來到大街。魯鳳臺不認識路，問道：「賀老叔，咱們上哪裡去吃飯！」李豹忙道：「咱們順著大街遛，看哪一家門面順眼，咱就進去吃哪一家。」趙梓材不由笑道：「好主意，難為你怎麼想來？」季二道：「這裡的地理，我卻熟悉，李爺，我告訴你，醉月樓的酒菜可是好得很。」李豹道：「季老二，真的嗎？不要哄我。」趙梓材道：「醉月樓嗎？我先早在那裡喝過，那裡的酒喝下去，又甜又黏，實在是好，聞著一股子清香，不像別的酒有那麼一股刺鼻的味道。尤其好的是剛喝下去，一點也顯不出力量來，平常喝半斤的量，這個酒可以喝一斤，卻是喝完非趴下不可，後勁大極了。不過這家的酒價，比別處貴約一倍，他們的酒菜也很夠味。」嘖嘖的不絕盛誇這酒的好處，一邊誇著，一邊眼望著眾人，嘴角透出淺笑。

李豹聽完，早忍不住饞涎欲滴，喉中又似有小手亂撓，大嚷道：「好好好，咱就去醉月樓。」左一曳趙梓材，右一拉季二，當先開路，一直尋下去了。趙梓材忍不住狂笑起來，扭頭對眾人說：「李豹還想戒酒，你瞧他這樣子，饞涎都流出來了。」賀孟雄道：「四弟，李兄弟是個直心漢子，你老逗他做什麼？常言道：嬉無益。總這麼鬧，容易傷了弟兄們間的感情，反倒不合適。」趙梓材道：「大哥說的是，但是醉月樓的酒，的確是好；以前小弟真嘗過，但不像我剛才誇的那樣好法罷了。」眾人全笑了。

這時眾英雄已走到了地方，李豹早在醉月樓門口等候。大家上了樓，找了一個傍窗臨街的桌子，打圈坐下，先要了一壺茶，慢慢喝著解渴，跟手就點菜要酒。過了一會兒，酒菜都擺上來，李豹自己先斟了一杯酒，喝了頭一口，咂嘴道：「好是好，也不怎麼的，趙老四也太會吹泡了。」一語甫出，眾人失笑。李豹摸不清頭路，毛毛骨骨地說道：「怎麼著，你們笑什麼？可是趙老四又耍花槍了？」眾人越要笑，李豹越犯疑，一迭聲地問：「你們到底笑什麼？」

賀孟雄道：「喝酒吧，別鬧了，左不過笑你們倆打牙逗嘴罷了。」斟了一杯酒，笑說道：「李大弟，我先堵你的嘴。」說著送到李豹面前，李豹忙站起笑道：「好大哥，你也幫助他們欺負我，不讓我還嘴出氣。」說完舉杯，仰脖一飲而盡。季二在旁看著，笑道：「若沒有李大爺趙四爺逗嘴，倒顯著不火爆了。」李豹笑道：「季老二，去你的吧，人家正在生氣，你卻在一旁說風涼話，倒給你開心了！」

眾英雄談笑喝酒，推杯換盞，呼三喝六，彼此猜拳，不覺各有醉意。其中賀孟雄與魯鳳臺，全都是有心計的人，處處小心，都不肯放著量喝。那李豹卻是直爽粗魯漢子，素日有口無心，見了好友，遇到好酒，更忘了一切。而且他一個呆漢，居然誘請出七雄來，心中得意，越發貪杯。捉住趙梓材，一死的非要划拳拚酒不可，趙梓材沒法，和他劃了一陣。李豹一陣亂鬧，差不多有七成醉了，賀孟雄向趙梓材，施了一個眼色，意思讓趙梓材攔住李豹。

但是李豹的酒正喝在興頭上，你要攔他，決計攔不住的。又不願強掃他的興，趙梓材眼珠一轉，想出一個妙法，開口說道：「黑牛哥，咱們再劃三拳，就不喝了。」李豹道：「不成，趙老四，你想退陣可不成。」趙梓材忙道：「黑牛哥，你聽著，咱們倆只劃三拳，決一死戰。假如我贏了，你去替我買西瓜，今天晚飯算你請客。要是我輸了，西瓜我去買，今天晚飯我請。」李豹道：「好好好，君子一言。」趙梓材笑道：「快馬一鞭。」兩人伸手捲袖，五魁八馬的，又喊起來。一霎時勝負已定，是趙梓材輸了。趙梓材道：「倒楣！今天喝了這麼一點酒，還得買瓜去。」拿起杯來，一仰脖，一飲而盡。站起身來，身形亂晃，哎呀了一聲，道：「怎麼今天喝了這麼一點，我會醉了？」李豹笑道：「你醉了也得買去。不然再罰你三大碗，就饒了你。」趙梓材道：「牛哥，你陪我去！」李豹搖頭道：「咦，怎麼勝了拳的人還去嗎？」

趙梓材假裝不勝酒力，一定教李豹陪他去。賀孟雄也笑道：「牛兄弟，老四真醉了，你陪他買點鮮果子，在街上走一趟，過過風，也許好點。」李豹信以為真，站起來說：「真不嫌丟人，喝了這麼一點酒，就現了原形，別給喝酒的丟臉了。沒法子，我陪你去一趟吧。」趙梓材身形打晃，李豹扶著他，走下酒樓，季二衝著賀孟雄一笑，賀孟雄忙搖頭示意。

當下李、趙二人出了醉月樓，順著大街，一面走一面談，一面尋找賣果的鋪子。趙梓材忽然說道：「牛哥，依我說，咱們老沒到這裡來了，等一會兒再買東西，咱們先逛逛再說。」

李豹道：「那麼他們呢？」趙梓材道：「管他們呢，晾他們一會兒好了。」李豹笑道：「你就損吧！」這哥兩個當真順著大街，逛起來。趙梓材指著一個地方說道：「我記得這是塊空地，怎麼蓋起了房子了。」李豹道：「這就叫十年朝東，十年朝西！」

兩個醉鬼在街上亂晃，看見道旁有賣鮮果的，就走過去買了些，站在那裡吃。吃完，又買了些，正待往回走，忽見那邊來了四個人。當中一人，年約二十上下，像是主人，其餘三個像是僕從，一面走著，一面說話。突然又從後面跑來一騎馬，那少年慌忙躲馬，稍不留神，恰踏著路旁攤販放在地上的扁擔，竟絆了一個跟頭，整個狗吃屎，把攤子也砸翻了。少年爬起來，勃然大怒，喝一聲：「截住他！」手下從人立刻去追那馬，要把騎馬的人拖下來。

騎馬的人見惹了禍，狠狠打了幾鞭，催著馬如飛地跑了。三個從人發狠追趕不捨，卻是越追越遠了。

少年越怒，看一看手掌，已然擦破一塊皮，流出血來，暴喊道：「你們這群廢物！快追，把他拉下來！」他自己撩長衫，拔腿也要追趕。擺貨攤的小販，卻是個鄉下人，心痛他的貨物，忙一横身，把少年攔住道：「大爺別走，大爺砸了我這些東西，怎麼算？」

口氣之間，似乎有點訛賴，這少年登時氣沖兩肋，伸手打了攤販兩個耳光，痛罵道：「混帳王八蛋，你的扁擔往哪裡放？饒絆倒了人，你還要訛我不成？」

這小販只顧心痛血本，又平白挨了打，哀情冤苦難伸，捂著半邊臉，沖少年嘮叨說：「你老怎麼打人？你老走道，怎的不看腳底下，硬往俺的攤上膛？俺好幾十吊錢的貨，全教你老毀了。幹嘛你老還張口罵人，舉手打人？真是的，俺也有嘴有手，不是不會罵，不會打！你老要打，自管打吧，賣給你老了！」口吻越發憨直，遮住少年，嘵嘵不休。

這工夫，三個僕從追不上奔馬，訕訕地剛走回來。少年恚憤已極，恨小販口角挖苦，纏賴不休，竟向三僕厲聲喝道：「這東西也想訛人，你們給我打！」打字剛收聲，三個人一擁齊上，扯小辮，揪胳臂，把小販登時放倒在地，拳打腳踢，直打得小販爹媽亂叫。

李、趙二人正站在路那邊，遠遠地全望見了。兩個人都是俠肝義膽，好管閒事，打抱不平的人。而且他二人又不明了真相，只望見行兇，三四個人毆打一個苦人，心中再也忍耐不住。頭一個李豹發怒道：「好漢動手一對一，怎的群毆起來？四弟，咱們不能看著。」趙梓材說：「我們別幫拳，不妨過去勸勸。」正要移步上前，這時看打架的人，早圍了一堆，只是七言八語道地：「得了。得了！」並無一人上前拆解。李、趙二人剛剛湊過去，人群中早激動了一個壯士，喊一聲：「借光了，諸位。」雙手一分，越眾當先，來到小販身旁。

眾人看時，這個人年約三十餘歲，白素素的一張臉，中等身材，兩隻眼黑白分明，精神飽滿，舉止快爽。是從一條斜街繞過來的，擁進人叢，口中說：「住手住手，什麼事有理可講，何必動手呢？」口裡說著話，側身前探，雙臂一合，往外一分，卻因為他看著三個人暴打一個小販，心中有些不忿，故此手下用了點力氣。不料插身太驟，用力過猛，那三個僕從猝不及防，早有一個仰面跌翻。又有一人一個踉蹌，搶出好幾步。剩下那個僕人，見這勸架的壯士來勢兇猛。不覺也停了手，退後數步。

那站在旁邊的少年主人，見這情形，神色一變，先向三僕吆喝了一聲：「別動手，你們靠後！」兩眼盯住那人道：「足下尊姓，您是來打抱不平的嗎？」

那壯士笑道：「敝人姓杜，就叫杜仲衡。敝人不是俠客，焉敢打抱不平，只是看不慣三個打一個，攔上一攔，也省得打出人命來。」那少年聞言冷笑道：「杜爺路見不平，居然不問三七二十一，上前就動手，可見是位俠客，在下不才，倒要會會你這位俠客……」

兩人鬥口較勁，身子往前湊，眼看要動手。那吃虧的兩個僕人，跌倒的爬起來，撞退的搶上前，忍不住羞怒，正要尋事；見主人和杜仲衡要動手，這一個便在背後一頭撞上來，那一個便從斜刺裡搗上一拳。那杜仲衡聽見背後有動靜，倏地一側身，飛起一腿。輕輕一蹬，把那個僕人踢倒在地；就勢一伸手，把另一僕人的手腕抓住，借力使力，「順手牽羊」，也給摺倒在地上，半晌起不來。杜仲衡冷笑道：「倚多為勝，暗中傷人，算什麼英雄？你們有什麼出奇的本事，都使出來吧！」

那少年大怒，也冷笑道：「好厲害的勸架的。」喝那家人道：「丟透臉了的東西，還不滾回去。」對杜仲衡道：「杜爺真是英雄，但何必跟我的僕役較勁？在下不才，願陪英雄周旋周旋。」說罷把長衫一甩，丟給僕人，拉開架勢，就要動手。杜仲衡也站好腳道：「朋友留名。」那少年一上步，左手一晃，右手一拳道：「張天佑！」這一拳來得很快，杜仲衡不慌不忙，微微一側身，左臂往外一穿，右手一個「單風貫耳」，接招還招，兩人打起來。這時人群外，突然有人喊道：「二少爺您可小心，老爺有話，你老忘了嗎？」張天佑頭也不回道：「去你的吧，不用你管！」依舊撤身進招。在街心，兩個人掄拳對打，展眼間拆了七八個回合。

原來這張天佑，是本地一位隱居拳家張元方的次子。這張元方武術極為精妙，但為人謙和，好靜不好動，鎮日以練拳技，練氣功自娛，輕易不肯和人較技，更嚴禁門人弟子跟外人動武。他卻有二子，長子張天佐、次子張天佑，性情都和他父親相反，極好打架，給張元方惹過許多麻煩。張元方大怒之下，將這兄弟二人拘在練武房內，罰抄達摩易筋經一百部。一連拘禁許多日子，不準出門。後經許多友好勸解，這才放出。

張元方又教訓他弟兄一頓，出門不許挾帶兵刃，更不許和不會拳術的人動手。弟兄二人諾諾遵命，許久沒有生事了。這次張天佑，因親戚做壽，奉父命帶了三個僕人，出門買辦禮物，不料因躲奔馬，被小販的扁擔絆了一跤。這本來不盡怨他，卻是這小販知他家教嚴，偏偏論定了他。他再也忍不住，有心自己動手打這小販，又怕打重了，再惹了禍，爹爹不饒，故此喝命僕人動手，到底由此惹出麻煩來了。

張天佑和杜仲衡變臉動手，對拆了幾招，見對手招數緊密，不覺又詫異，又高興。他反倒喊一聲「好！」雙拳一錯，變換了一路拳法，運用五行拳，雙拳如雨，揮拳奔對手要害下手，暗含著拿活人給自己試招墊招。杜仲衡暗道：你這東西，怎麼暗下辣手？也把拳風一變，更門改路，用八仙拳硬砸硬上；展眼間二人對拆了二十招。張天佑性急，見打不敗敵人，不覺暴躁起來，把拳法又一變。忽見杜仲衡露出一個破綻，張天佑大喜，急忙進身下掌，迎面劈去。杜仲衡右手往外一托，張天仲右手一掌，奔杜仲衡胸前點去，以為這一下定必擊中。

哪知堪堪點到，杜仲衡身形不動，胸腹微微一凹，退出半尺。這是氣功，張天佑吃了一驚，努力收勢，已來不及。被杜仲衡左手往下一扣，扣住手腕，輕輕往懷中一帶，張天佑身不由己，搶了過去。杜仲衡右手伸出三指，輕輕往張天佑背後一點，說道：「呔，看招！」張天佑頓時覺得打了一個冷戰，眼前發黑，一跤跌倒在地。

杜仲衡笑道：「這樣不濟事，也敢挾技欺人？」回頭看小販，業已哼哼唧唧站起來，扁擔也斷了，攤了全散了。見杜仲衡打倒張天佑，上前稱謝道：「謝謝客官幫忙。」卻又搔著頭說：「這是張家二少，他打了我，倒不要緊，可是現在他教你給制倒了，這可怎麼好？」杜仲衡一聽這話，好生沒趣，回頭再看張天佑，已被他那家人攙走了。因笑道：「他打了你，倒不要緊，你的貨呢？」小販道：「貨也不要緊，張老太爺會賠的，絕不虧負我們。」杜沖衡不禁吸氣，撣了撣身上土，披上長衣，便欲走去；覺得這場架打的沒人承情，小販口吻似乎懼禍。

那李豹和趙梓材在旁看得痛快淋漓。李豹咕噥道：「趙老四，這個傢伙很有一套，你聽他叫什麼？」趙梓材道：「我也沒聽真，只聽出他姓杜。」李豹笑道：「用你說，我也知道他姓杜。」又道：「咱哥倆和他搭訕，怎樣？」趙梓材道：「和人家不認識，怎好說話？」李豹道：

「你這人真死心眼，一說話不就認識了嗎？」

李豹追蹤過去，搶先叫道：「前面那位杜爺慢走。」杜仲衡回頭一瞥，見是素不相識的兩個人，以為不是喊他，回頭仍走，口中低聲念道：「我真是多事！」李豹嚷道：「喂喂，方才和人動拳的那位杜爺慢走，我們跟你有話。」杜仲衡愕然止步，打量李、趙二人。見李豹是黑膛臉，體格雄壯；趙梓材是個黃白瘦子，精神甚旺，俱是急裝，一望即知是江湖人物。立刻把精神一振，大聲答道：「不錯，我姓杜，你們二位是喊我嗎？喊我做什麼，打算怎樣？」

李豹走上來道：「朋友，你大名？」杜仲衡道：「足下你尊姓？」口吻很有些不和氣，李豹不理會，正正經經地答道：「在下李豹，剛才老兄的拳術很高，我很佩服。」杜仲衡道：「哪裡，哪裡！」

口中敷衍，心中尋想：原來不是尋隙幫拳的，耳聞江湖上，有個名叫黑斑牛李豹的。莫非就是此人？忙抱拳道：「仁兄可是綽號黑斑牛的嗎？」李豹忙道：「不敢，黑斑牛正是在下。」回手指趙梓材道：「這位是河朔七雄的第四雄趙梓材。」

趙梓材急急要攔阻，已然說出來了。杜仲衡哎呀一聲道：

「久仰，久仰。」對趙梓材道：「十幾年前，曾與七雄的第一位魯大哥，在江南會過一面，他還幫過小弟一次忙，以後許久未曾見面，每思趨訪道謝。不過小弟一來事忙，二來南北遙隔，三者又聽說七雄已經隱跡，不知足下何以出山？到此有何貴幹？」

趙梓材眼瞅著李豹，狠盯了他一眼，嫌他說話太快，李豹也自後悔說的孟浪了。趙梓材道：「承獎，承獎，我弟兄因為有點閒事，到這裡訪個朋友……」李豹仍問道：「請問杜兄大名！」杜仲衡說：「小弟叫杜仲衡。」李豹道：「咦，這名字聽著好耳熟。」杜仲衡微笑道：「草茅下士，何足掛齒！」李豹道：「我是有眼不識泰山。剛才我們哥倆，見到杜仁兄這樣見義勇為，且又武技精妙，我們二人不覺心佩之至，想和仁兄親近親近，做一個道義之交，不知仁兄可肯和我們哥倆交交嗎？」又笑道：「仁兄剛才那兩手，實在叫人痛快之至，不瞞足下說，足下若不出頭，我弟兄也就出來管管了。」

杜仲衡不禁慚然，心中說不出有一種內慚的意思。正是管閒事，落不是，反受到意外之譽。卻是他們練武的漢子，差不多都口快心直，彼此又是江湖豪傑，三言兩語，便自投機。李豹便欲約杜仲衡同回酒樓一敘，杜仲衡道：「河朔七雄小弟久已欽慕，只可惜小弟久居江南，只和魯大哥會過一面。承魯大哥不棄，和小弟訂交。又蒙魯大哥幫過大忙，本當前去見面。無奈小弟現在要事在身，前途還有人等我，實在難以從命，改日再會吧。」李豹道：「杜仁兄，我們也不強你，只願仁兄與我們河朔七雄見見，再走也不遲。這也費不了多大工夫，他們就在近處，距此不遠。」趙梓材道：「我們魯大哥業已去世，希望老兄見見魯大哥的哲嗣魯桐，將來也好煩你多多照應他。」杜仲衡一愕道：「魯大哥故去了，什麼時候故去的？」趙梓材道：「約有十年了。」杜仲衡道：「什麼病？」李豹道：「被葉自成殘害的。」杜仲衡哼了一聲。趙梓材接著說道：「現今葉自成二番尋仇，依舊尋找我們弟兄，所以我弟兄重複出來，再入江湖。」

三人邊說邊行，往醉月樓酒館走去。

正走之間，急聽後面人聲嘈雜，有人喊道：「姓杜的別走。」「別放姓杜的跑了。」

三人回頭尋視，見後面跑來四五個人。有一人見了杜仲衡，遙指著說道：「大少爺就是他。」於是有一少年挺身而出，攔住了三人的去路，對杜仲衡道：「你就是打我二弟的人嗎？」

杜仲衡瞪眼道：「不錯是我，你想怎樣？」張天佐也不答言，舉拳就打。杜仲衡側身讓過，冷笑一聲，正待要還招進擊，那李豹是最愛打架的，忙跳過來道：「杜仁兄，讓小弟過過饞蟲吧。」杜仲衡一笑，側身退讓。張天佐仍奔杜仲衡，早被李豹擋住道：「小子別亂跑，跟你李爺爺耍耍。」

張天佐咬牙道：「你來替他送死，休得怨我心毒。」虛領一招，雙手一分，竟用「雙風灌耳」，奔李豹兩耳猛擊來。李豹笑道：「我的兒，你好狠啊！」雙手當胸，往上一分，化開敵人雙拳，左手護胸，右手圈回手，劈胸一拳打去。張天佐用左手往外一穿，跟手側身進招，「金龍探爪」直奔李豹抓來。李豹一驚，暗道：這小子真狠，真快。忙往後一挫腰，退回三四尺。那張天佐早似風一般撲上來，使「雙撞掌」，就勢進擊。李豹急急讓過，忙展開拳法，那張天佐也自不弱，盡敵得住。兩人一來一往，鬥起拳法，登時聚了許多看熱鬧的人。

李豹和張天佐支持了一會兒，口中不住嘮叨道：「我的兒，你真不知道進退！」賣了個破綻，雙拳一晃，轉身一個敗式。

張天佐大喜，趕上一步，雙手一錯，「惡虎掏心」奔李豹後心擊去。那李豹不慌不忙，容得敵拳要沾衣襟，掌風將要往外一吐的時候，猛往左一旋身，那張天佐以為這一招必然得手，用出十分力量，掌心果然往外一豎。忽得人影一晃，自己拳招落空，只聽李豹已經繞在他的身後，喝道：「呔！」左手一拍張天佐脖頸，右手一掌，使了五成力，道：「躺下吧，孩子！」

張天佐撲通一聲，推金山倒玉柱，趴伏在地。其餘那三人見狀大驚，復又大怒，一齊上來動手，圍攻李豹。那趙梓材、杜仲衡，怎肯旁觀，忙上去幫拳。那三人哪敵得過這三人，不一時，早一個個被打得鼻青臉腫，扯扶張天佐，抱頭逃走。李豹笑道：「痛快，痛快，誰叫你們欺負人！」三人撣撣身上土，拿了果物，說笑著一同轉奔酒樓。

那賀孟雄等人，早在酒樓等得心焦，向魯鳳臺、季二說道：「這工夫還不回來，不用說了，兩個搗亂鬼喝醉了酒，又不知惹出什麼事來了。」商量著，正待打發季二上街去找，趙李二人已經同著杜仲衡上樓。賀孟雄見有生客同來，也不好意思埋怨二人，忙問：「李大弟，這位是誰？」李豹道：「這位叫杜仲衡，不認識吧？好俊的拳術呢。」賀孟雄驚道：「莫非是江南大俠，人稱七星鞭杜仲衡的嗎？」杜仲衡抱拳道：「不敢，不敢，那是別人抬愛。」眾人聳然，一齊打量杜仲衡。

李豹道：「我的哥，原來你就是七星鞭。你為何不早說出你的外號來。怪不得我聽得這個名字好耳熟呢。」李豹高興起來，忙一一介紹了眾人。杜仲衡道：「久聞河朔七雄大名，每思見面，今日得見三雄實乃幸會之至。」又道：「小弟當年曾與魯大哥在江南相會，蒙魯大哥不恥下交，在太湖助小弟擊敗了太湖雙怪。自那年別後，至今未見，不想竟故去了。」又問：「魯大哥怎麼故去的？」賀孟雄細細說了，又特指魯鳳臺，對杜仲衡說：「這就是魯大哥的後嗣，他叫魯桐，字鳳臺。」杜仲衡向魯桐客氣了幾句話，見魯桐年少神旺，連聲稱讚：「真是少年英雄，名父之子。」

那李豹發話道：「眾位別淨說客氣話了，杜大哥大概沒用飯，何不一塊兒吃？小弟也餓了。」

賀孟雄忙叫夥計熱酒換菜。席間李豹談起這次和杜仲衡相遇原委，賀孟雄道：「一波未平，一波又起，李大弟，你可知你打的那人是誰嗎？」李豹道：「不知道。」杜仲衡道：「不過是硃砂掌張元方的兩個兒子。」賀孟雄道：「惹出禍來了，那張元方家教極嚴，卻又極其護犢，你這次打了他的兩個兒子，恐怕他跟咱們糾纏不清。」李豹道：「難道咱們還怕他不成？」賀孟雄道：「不是怕不怕的話，現在咱們有要事在身，犯不上沿路無故多樹強敵。並且李大弟，你可知道，張元方的硃砂掌，在江湖上未遇敵手，真要和我弟兄為難，恐怕真不好對付呢。」

李豹哼了一聲，意似不服，正待還言，杜仲衡接口道：

「賀仁兄，請放心，此事是小弟我招惹出來的，自有小弟承當的。小弟久聞硃砂掌張元方的大名，未得一會，借此機會，和他見見，也增長些見識。」又笑道：「張元方不找便罷，如果找來，小弟獨力和他周旋。」賀孟雄道：「杜仁兄不要聽我這樣說，些須小事，不必勞動足下了。」杜仲衡笑道：「冤有頭，債有主，小弟惹的禍，當然小弟出頭，我倒要會會這硃砂掌。」

說話間，酒菜重新端上來，眾人又吃了點酒，這才用飯，飯罷喫茶，杜仲衡和七雄，互留下住址，訂了後會，這才下樓作別，揚長而去。

杜仲衡走後，李豹問賀孟雄道：「大哥，這杜仲衡的為人，大哥知道的清楚嗎？他這麼年輕，究竟有什麼本事？」賀孟雄笑道：「豹兄弟，你不曉得杜仲衡的為人嗎？」李豹道：「七星鞭的大名小弟倒是久已灌耳，沒想到七星鞭就是他。小弟以為七星鞭一定是個成名的老前輩，氣派必然很威風，哪知見了面，一個鼻子兩隻眼，也不過如此。」賀孟雄不由笑了，說道：「人不可貌相，杜仲衡在江南，確是有名的英雄。豹兄弟久在北方，不甚熟悉江南俠蹤。江湖上說得好，北劍南鞭，神鬼不占先。杜仲衡與咱們北方健者龍舌劍林佩韋齊名，人稱南北二俠。」李豹道：「這倒曉得，那林佩韋，小弟跟他領教過，委實厲害，拳腳也不顯怎麼出奇，只是交上手，一招是一招，教你招架不來。」賀孟雄微笑道：「北劍南鞭的特長，就是一個快字；尤其是杜仲衡的掌法、鞭法，穩準狠快，可稱獨步。不管什麼金砂掌、硃砂掌、鐵砂掌、綿砂掌，他都有精妙的破法。尤其妙的是，善治這些掌傷，我久聞此人，今日得見，卻也出乎意外。你看他像三十多歲的人，其實他在江湖活躍，將近二十餘年，推算起來，他至少也有四十三四歲，單看他面容氣色，卻顯得這麼少相。」李豹道：「他已經四十多歲了嗎？我當他才三十一二歲呢。」趙梓材道：「我看他才十八。」

李豹道：「你又改上我了。」幾個人說話時，出離酒樓，來到了店房。李豹道：「現在天氣還早，咱們動身。」趙梓材道：「忙什麼？不在這裡住一夜嗎？」李豹道：「四爺累了嗎？」

賀孟雄道：「李大弟的話也對，諸位要是不累，咱們又有要事在身，莫如再趕一站，到下站再落店，也可以躲開一場是非。難道我們在這裡，真就等著張元方，來找我們搗麻煩不成？」趙梓材道：「大哥說得對，崔大哥的事要緊，我們先讓過這一場去，張元方以後找咱們來，再說。」李豹道：「要不因為有事，我倒要跟這個老頭子幹幹不可。」又喊眾人道：「咱們走吧！」眾英雄都是久出門的漢子，一說走，算清了帳，稍喝了點水，看了看馬，裝好乾糧水壺，各翻身上馬，亂抖鞭繩，直奔大道跑下去。——這時候，秋陽西斜，天色尚早。

五人方走了工夫不大，跟著來了一群人。為首的是一個五十多的老者。後面跟隨十幾個人，各穿長衣，內藏棍棒，成群尋來。一問店裡人，說是打架的客人已走。這夥人忙查看店簿，打聽店家。那老者看完店簿，發現賀、魯、趙、李、季等姓，又問明年貌口音，略一尋思，不由發怒道：「原來是你們幾個人，跟老夫過不去！好，好，早晚有和你們算帳的日子。」

又到大道上搜了一圈。眾人行蹤已遠，一點影子也看不見了。

那七星鞭杜仲衡，也已離開靈寶，於是這老人恨恨而回。「無心惹禍，有意尋仇。」李豹給河朔七雄，無意中惹了這麼一樁閒事，引起日後無限糾紛。

賀孟雄等五人，離開靈寶，馬上加鞭，迎風快跑，直到半夜，方才落店。次早啟程，卻喜無事，一路曉行夜宿，這一日來到了洛陽城外安樂窩。這安樂窩是在洛陽城南門外，風景絕好。洛陽是中原有名的城市，舊為帝王都，尤其洛陽牡丹天下聞名，名勝古蹟極多；如安樂窩、天津橋、桃源鎮、漢唐皇陵等等不一。賀孟雄當年曾到過洛陽，魯鳳臺卻沒有來過。當日落店，賀孟雄和李豹，對魯鳳臺講說此地的風景。李豹就提議在安樂窩多住一天。賀孟雄說：「我們現在亟欲見到崔豪，哪有閒情逸致，來逛風景？」

但是黑斑牛李豹再三地要逛，當天便拉了魯桐出去。李豹在此地，似乎比賀孟雄還熟，連到兩個地方，拜訪兩個朋友。

繞了一圈，等到回店，李豹對賀孟雄又說起在此地多留兩三天的話。賀孟雄當然不肯，李豹湊到耳邊說：「事情有變化，我們不用上商丘李家莊去了。」

賀孟雄道：「你不是說，崔豪大弟，現時寄居在李家莊捲毛獅子李景明家嗎？是怎的有了變化，不用去了？」

李豹笑道：「大哥不要驚疑，沒有什麼意外變化。不過剛才我同魯鳳臺出去逛，遇見兩個熟人，據他們說，李景明和崔豪即日就上洛陽來。我們不必上商丘去找，索性在這裡等他，倒省去許多腳步。」

賀孟雄一愣，正要說話，趙梓材早就跳過來，一把抓住李豹道：「牛兄弟，你鬧什麼鬼！

你說話時，眼神遊走，面有愧色，你說實話，你到底玩什麼把戲了？」手勁很人，把李豹捏得直哎喲，連說：「我沒鬧鬼。」賀孟雄卻把魯鳳臺叫到面前，向他盤問：「剛才李老叔把你帶到哪裡去了？他都是遇見了什麼人？」

魯鳳臺看了李豹一眼，笑說道：「李老叔原說帶我逛安樂窩古蹟，可是一出店，他就急跑，連拜訪兩家朋友，卻不教我進去，教我蹲在門外。」

賀孟雄、趙梓材一齊直了眼，向李豹大聲詰責：「黑牛，你到底是怎麼一回事？」李豹很惶恐地說：「我可沒有鬧鬼，不過是訪兩個朋友，打聽打聽消息。就是這一打聽，我方才知道崔、李二位不出兩日，就來洛陽。」

李豹這樣說，賀、趙二人仍然疑惑；卻也猜不出李豹弄什麼鬼，只可依照他的話，留在這安樂窩等候。

於是在安樂窩停留了一天，次日李豹又要離店出去找人。

趙梓材說：「不行，我得跟你去。」這一來，正中下懷，李豹笑道：「好極了，你總疑心我黑牛舞私有弊；其實我姓李的一心為朋友，皇天可表。趙四將軍，不只請你押著我去，我還請賀大哥督隊吧，咱們大夥兒一塊兒去。」

賀孟雄道：「上哪裡去？」

李豹道：「就是崔大哥要來落腳的那個地方。」

當下，河朔七雄賀孟雄、趙梓材、魯鳳臺三人，及季二等，一同離店上馬，黑斑牛當先引路，去逛洛陽城郊。沿大路，穿小巷，走了一程，魯鳳臺知道他走的全是昨天來過的地方。賀、趙不知，看李豹東一頭，西一頭，不禁問道：「到底你要上哪裡去？要找誰？」

李豹笑道：「二位別急，這就到了。自然找的全不是外人，見了面，你就明白了。」說著沖季二做了個鬼臉。

又轉過了兩條街巷，到一路南黑大門口，魯鳳臺記得是昨天李豹也來過的。果然李豹一指門口說：「現在到了。」下馬上前，一陣敲門，出來一個人。李豹對這個人忽然說了幾句話，又一指七雄等人，他自己搶頭一個跑進去。方一進門，就放開喉嚨，大聲喊道：「喂，有人嗎，快出來，七雄可來了。」一路狂喊，就要升堂入室。

這院子是二進，約有十幾間房。隨著李豹的喊聲，從後堂跑出來三個人，頭一個是個女子，年約十八九歲，身材苗條適中，是個美人的胎子，只是面色慘白，兩眼眼光稍稍呆滯，略現浮腫，現出悲鬱之色。第二個人是四十多歲的男子，緊緊跟在那女子身後。第三個是個中年男子，都隨著女子跑出來。那女子先問道：「李叔叔，七雄在哪裡？」李豹往門外一指道：

「就在門外，七雄只來了三雄。」

這時三雄已來到門前，各自翻身下馬；早有季二和別人接過馬來，拉人後院內。那李豹和兩男一女，在門口相迎。李豹指著賀孟雄等，向那三人介紹道：「我給你們兩家引見引見。」

剛要發話，少年女子忙道：「請伯伯們屋裡說話吧。」李豹一吐舌頭，引眾人進院，來到上房，立刻指著賀孟雄道：「這位就是河朔七雄之首，賀孟雄賀大爺。」又指趙梓材道：「這位是四雄趙梓材趙四爺。」又指著魯鳳臺道：「這是老英雄魯兆洪的令郎魯鳳臺。」又指著那四十餘歲男子道：「這位是崔大哥的連襟陶元偉。側轉身指著那三十餘歲的男子道：「這位是崔大哥本家，崔在雲。」又招呼那女子道：「侄女，快過來見個禮。」指那女子道：「這是陶老兄的令愛，陶秋玲姑娘。」那陶秋玲盈盈下拜，口稱伯父，三人連忙還禮。那趙梓材一見為首出來的這二男一女三人，似乎不倫不類；又見女子滿面含憂，不覺疑心，暗道：莫非崔豪已經遇險不成？那賀、魯二人也有點詫怪。老友重逢，按交情說，崔豪如已來到，無論如何也得親自出來迎接。如何跑出來一個含愁的女子？這女子跟崔豪又有什麼關連呢？

見禮之後，賀孟雄為人心熱，忙問李豹道：「李大弟，崔豪老兄上哪裡去了，為何不出來？」李豹莊容答道：「大哥且慢動問，請到堂屋裡坐定了，咱們再細講。」說罷，搶先帶路，折奔後堂，男女三人後陪，河朔三雄只得前行。

這時後院也出來了幾個人，只聽有人說道：「賀大哥，趙四弟，咱們老沒見了。」賀孟雄、趙梓材等，抬頭一望，依稀認得那些人，都是當年江湖老友。其中有江西火道人，遼東三龍之一的龍天照和捲毛獅子李景明等。賀孟雄、趙梓材忙上前招呼行禮。那火道人，臉如火炭一般，中等身材，和七雄等是莫逆之交，大聲笑道：「你們哥兒幾個好啊，我出家人還在江湖上混著，你們倒隱居起來了。」賀孟雄道：「火師傅，我們這不是隱居，是避難吧。饒這麼著，還把我們哥兒幾個揪出來；不然的話，還不怕把我們哥兒幾個分屍。」又對龍天照道：「龍老大，你怎麼也跑到這裡來了？」兩方老友，各個抱拳寒暄，大家亂了一陣，這才升堂落座。

進內堂之後，有人倒上茶來，有人給打面水，一行五人，各個洗面洗手，一面問答。賀孟雄、趙梓材進屋，就留神尋找崔豪，可是屋中竟無崔豪蹤影。趙梓材最心急，問道：「李景明哥，你何時來的？崔大哥在哪裡了？你們不是一路嗎？」李景明一愣，好像不懂這個。李豹忙道：「賀大哥、趙四哥，你別問了，小弟實在對不住你們幾位。請三位原諒我。」說著深深一揖，三人忙還禮，道：「李兄弟何必這樣客氣。你我弟兄有話只管請講，難道你我弟兄還有什麼別的不成？」

李豹道：「小弟實說了吧，崔豪崔大哥並未在此地，也並未出山，至今他還是沒有下落。然而小弟和三位這次說謊，也實在有不得已的苦衷。」回手招呼崔在雲和陶氏父女道：「大哥若欲知其中詳情，請問他們三位行了。」那崔在雲過來，深深行禮道：「這次事件，務請七雄弟兄看在當年崔豪的交情，多多幫忙。」那陶秋玲也在一旁含淚，懇求伯伯叔叔們救助。

這一來，河朔三雄聽李豹這沒頭沒腦一說，又見陶秋玲直欲下拜，不由把三人鬧得迷迷糊糊，不知究竟。賀、趙一邊還禮，一邊說道：「諸位，且慢行禮，我弟兄絕無推辭之理。」

那江西火道人，聽七雄口氣，似乎不知原委，便插言道：「黑牛兄弟，你把事情經過，到底對七雄說了沒有？怎麼會說到兩下去了？」李豹頓足道：「我還沒說呢！」火道人道：「你這個糊塗鬼，就會搗亂，一點正事也辦不了。還不趕快把細情告訴他們。」

賀孟雄道：「李兄弟，真有你的，快說吧，你這個花招，可把我們哥幾個耍得太厲害了！到底是怎麼回事呀？」李豹道：「你們別催我，我這就說。」忽地念頭一轉，道：「崔老兄，還是你說吧。」

那崔在雲這才面含悲戚之色，說出一番話來。

原來崔豪並未出山，也無下落，當然更沒有邀眾尋仇的舉動，只是李豹造的一番謊話，來騙七雄出山罷了。七雄俱是很機警的江湖人物，怎會上這個當呢？一來聞聽崔豪出山，動了故友重逢之情，燃起再度復仇之念，又衝著魯桐的面上，故此不惜出山。二來素知李豹，爽快粗豪，是個不會說謊的漢子。

萬想不到他玩花招，故而途中談話，雖有破綻，也未嘗留意，被李豹輕輕掩飾過去了。

第四章　英雄兒女情

那崔豪殺死葉自元，當時報了仇，稍稍吐出一口怨氣，倒確是身受重傷，勉強奔到開封，便病倒了。病癒之後，灰心喪氣，自覺此事，全由他一人引起，羞見七雄之面，驟起遁世之心，把家小安置在魯豫交界定陶縣一個至好親戚家裡，留下安家銀兩。寫了一封厭世棄家的遺囑，便自飄然不見了。從此一別十年，渺無消息。

這家親戚就是崔娘子的妹丈，姓陶名元偉，也是武林人士。崔豪把家小託付給陶元偉，就住在陶宅隔壁，非常地放心。等到崔豪不辭而別，棄家出走，舉動非常突兀。崔娘子曾央求陶元偉，再三託人，四外尋找崔豪，只是不知下落。到後來影影綽綽聽人念叨崔豪出家當了道士，又有人說做了和尚了。一別數年，並無確信，崔豪就算失蹤了。日久，崔娘子也就死了尋找崔豪這條心。

那陶元偉家道素封，薄有田產，人又不好交際，年歲也快五十了；更無意在江湖上爭名奪利，只是在家務農。他膝下只有一女一子，長女便是陶秋玲，那時才十來歲，幼子剛只幾歲。陶元偉家居無事，就教子女練武，一來給自己消閒破悶，二來鍛鍊子女身體，也為使自己技藝不致失傳。崔豪二子，崔澤、崔潤，時彼一個十二三歲，一個六七歲，也正是淘氣的時候。俗話說，近朱者赤，近墨者黑。崔氏小弟兄既是武林名家之後，也曾跟他父親練過武技，今日看見陶元偉教子女習武，他們小兄弟也吵著要學。陶元偉微笑，就教他們小弟兄四個，在一塊兒練習武術。這四個小孩天天在一塊練武，小孩子心氣各自爭強好勝，用心練習，唯恐練不好，讓別人笑話。每學會一招，互相切磋。又加上陶元偉是個良師，深知小孩性情，除逐日常課外，又往往說些武林故事給他們小弟兄聽，講述的不外乎江湖豪俠，奇聞逸事，言語中隱隱帶出，如想做出人頭地，媲美前輩的江湖英雄，必須下苦功，有耐性。否則徒仗一股熱氣，不肯刻苦，也就不會成名。

這陶、崔兩家的小孩，日受熏染，個個想做英雄，彼此加意勤修。並且這四個小孩天資體力俱不後人，又得良師陶元偉殷勤誘導，數年之後，四小兄弟全都學會了基本的功夫，如拳腳、刀劍、輕身術、縱跳、攢跤的本領，都有了根基。尤其是四個人的體格，也都磨煉得非常健實。陶元偉看這些子女，欣然滿意。

不料這幾個孩子，年紀漸大，知識漸開，會了些本領，耳朵又灌滿了陶元偉所說闖江湖，仗義行俠，剪惡安良，抱打不平的故事，更加躍躍欲試。他們小兄弟每學會一招，彼此餵招試招，以後便想到外邊，和外人試驗試驗。三個男孩，一個女孩，練武之餘，私地商量，要出去做些遊俠事情，就便考究自己的本領。他們年歲不大，先故意找本村的孩子挑戰。這些鄉下小孩，如何能敵得過他們，又是雙拳不敵四手，就有大一點的孩子敵得過他們，也敵不過他們四人一齊下手，每每被他們打得頭破血流。有吃了虧的小孩，就找到陶家，向陶元偉告狀訴苦，說他們弟兄四個欺侮人。陶元偉起初不介意，以為不過是普通小孩子吵架便了，並未想到別的。及至三次四次，以至多次，甚至有成年的人找到家門上來，說是這四個孩子太淘氣，慣於生事鬧毆，手腳又滑溜，又膽大，捉又捉不到，防又不勝防。更因為陶元偉在本地，也算是有名氣的人物了，鄰人們也不好意思把他們怎樣，只可登門訴說。這一來，就把崔氏弟兄、陶氏姐弟，惹禍生事的真相，原原本本地托出來。

陶元偉知道了細情，不覺大驚，暗道：以前這幾個孩子不是這麼淘氣，怎麼現在變了。於是把他們四個人找來，狠狠地訓斥一頓。那崔澤同陶少華一大一小，最為淘氣；理直氣壯的，一個叫叔叔，一個叫爹爹，向陶元偉說道：「你老人家不是說，會武技的應該除暴安良吧？我們和他們打架，實在是他們欺侮了人，我們去勸解，他們不聽，還罵我們，我們急了，才跟他們打起來。」他們二人，年紀雖小，說出話來，滿都是仗義行俠的話，理直氣壯地說出。並且女孩子陶秋玲在旁還說：「這都是爹爹告訴我們的，說我們學了本領，就是應該救人，不然爹爹為什麼教給我們練武呢？現在爹爹又來說我們，不讓我們管閒事，我們真不明白。」

陶元偉聽了這幾個孩子的這些歪理話，不覺又可笑，又可氣，便狠狠地責罰他們四個一頓。告訴他們，行俠仗義，乃是成年人的事，不是兒戲，以後不許再在家門口，和人打架。逼得他們口頭上認了錯，陶元偉以為從此總該好些了；哪知道這些孩子仍然偷著惹禍，並且打完架，還警告說：「你們若敢告訴家裡，下次還狠狠地打，跟你沒完。」倒是陶秋玲，自以為是個姑娘，她只出主意，不肯動手了。

但這樣不久，又被陶元偉知道了，一想不妥，如不好好地管教他們，以後淨背著我闖禍，恐怕要惹出了大亂子來。於是這一天，陶元偉督率群兒，練完武功之後，又講了另一種的江湖故事，然後和顏悅色，問他們小兄弟道：「你們知道練武有什麼用嗎？」陶元偉的幼子陶少華道：「爹爹，我知道，練武是用來打欺負人的人。」陶元偉微微一笑，問他們三人道：「你們的意思呢？」崔澤答道：「叔叔，我們的意思跟小弟弟一樣。」陶元偉微微一笑道：「錯了。」

陶元偉把他們小兄弟四人，教到跟前，慢慢說道：「練武的用處，第一是保護自己，鍛鍊自己，讓自己沒災沒病，讓自己的身體結實；一味講究打人，是不對的……」於是又把俠客以武犯禁的事，用淺近的話，比方給他們聽。跟著說：「你們現在武技未成，再不許出去胡鬧惹禍。外邊厲害的人很多，要碰到能人，憑你們那點能為，定要吃苦的。再說打架要跟有本事的人打，才算硬漢；若遇見不會拳技的人，便不許挾技欺人。那一來，會讓英雄俠客恥笑你們，說你們只會欺侮笨漢，不敢和有本事的較量。你們還是好好地練本事，等練成之後，我自然帶你們到外邊去闖練，去找那些有名的英雄豪傑，和他們過過手，比試比試。現在你們千萬不可尋毆生事了！跟不會武功的人打架，那就叫欺軟怕硬！」

這一番話，講而又講，居然打動了這一群孩子，果然打架的次數減少了，都不願落個欺軟怕硬的名，都希望自己趕快練成武技，好讓陶元偉帶自己出去闖練。

光陰荏苒，日月跳丸，轉眼間崔澤已十八歲了。武技已經粗成，只欠火候經驗。那陶秋玲姑娘，武技也和崔澤差不多，只是女孩兒氣力較弱，身手倒更靈巧。崔潤和少華年紀還小，自然成功也稍差一點，但大致還看得過去。

崔豪的妻崔娘子，見長子已經成人，武功也學成了，便有心打發他出去尋父，可是崔澤還沒有娶妻。崔娘子現在寄寓在陶家，總有些避禍的意思，因此才使得崔澤年紀已十八，還沒有成家。崔娘子心上自是著急，後來冷眼看到，崔澤和陶秋玲兩人情感很好，便偷向妹妹陶娘子示意，打算兩姨做親，教他倆表兄妹結為夫婦。陶娘子倒很願意，陶元偉卻不以為然。問陶元偉為何反對，他倒也說不出所以然來。也並不是嫌崔家窮，大概他以為崔澤之父，存亡莫卜；有朝一日，崔澤出去尋父，他父又有仇人，便免不了涉險。他大概是為這個，不肯把陶秋玲許配崔澤。可是這話說出口來，又覺得他堂堂武師，未免太膽小。故此每逢崔娘子言語諷示和陶娘子乘機探問，他總是哼著吟著，至多說：孩子還小，還不忙罷了。

如此又耽誤了兩年，崔澤已經整二十歲，陶秋玲也十八歲了。鄰近有人給陶秋玲做媒，說的是一家土財主的愛子，今年十七歲，是個童生。陶元偉和娘子商量，陶娘子已經看上了外甥崔澤，便嫌這親事不般配。後來又說：姑娘已經大了，我們做父母的，也該問問姑娘的心思。

其實姑娘的心思不用問，早就表示過，她要嫁個武林少年壯士，絕不甘心做農家兒婦。這天陶娘子屏人偷偷探問姑娘，姑娘是個很大方的閨秀，況又練過武，倒毫無忸怩之態。起初母親問她，她只紅著臉笑，末後老實說出來，她的意中人是要年輕，武功強，至少也比得上崔家表哥的，她才肯嫁。她說：「爹爹不該教我們學武。學了武，便拿不慣針線，做不慣菜飯，我早打算不嫁人了，除非人家也是武林門風，才能擔待我這個笨貨。」

這話很明白了。陶娘子便轉告丈夫，陶元偉到了這時，也思索過味來。這不怪女兒有私心，實在不應該教他們表兄妹同場習武。他們倆耳鬢廝磨，過起招來，更難免交手絆足，肌臂相親。看這樣子，女兒不嫁人則已；若要嫁人，只好嫁給崔澤。

陶元偉默想了一天，暗暗打定主意，要把崔澤先帶出去，闖練闖練，或者打發他尋父去，或者打發他遊藝去；等他嘗過人世間艱苦，小有成就時，再把女兒嫁給他。

這是陶元偉的打算，可是崔娘子的心，恨不得先教兒子娶了陶秋玲，生下孩子，接續香火，再遣他出去，才算妥當。陶娘子也覺得女兒不小了，要想許配崔澤，便該提早辦事，實在不能再耽誤了；他們夫妻為這事又說岔了。

然而有一天，陶元偉竟無意中，碰見了崔澤和陶秋玲的親密情形。僅只他倆在把式場旁邊花叢中，喁喁對語；後來瞥見女兒陶秋玲臥在花叢中，不知做什麼，崔澤跟過去站在一旁。忽然見女兒嬌呼一聲，跳了起來，把白藕似的手臂，送給崔澤，崔澤雙手捧著她的手腕，直送到口鼻，好久不離開。光景竟如此親暱，陶元偉乍見不覺大怒，忍了又忍，退身回去，獨坐在房中生氣。反覆思量，一面暗恨女兒不識羞恥，一面自悔疏於隔絕，一面更恨崔澤不老誠。

過了一會兒，忽見幼子陶少華，慌慌張張跑進來。剛進房就喊：「爹爹，爹爹，快看看姐姐去吧。她叫蠍子螫了，疼得她直掉淚。」陶元偉道：「哦，她叫蠍子螫了嗎？」陶元偉這才明白，可是心裡仍不舒服，便到屋中尋找止疼藥。這時陶秋玲在把式場，疼得直甩手腕，崔澤正忙著給她呵疼，給她找尋蜘蛛。居然找得了一個很大的蜘蛛，藹聲叫陶秋玲道：「玲妹，你把手伸開來，教這蜘蛛給你吸吸毒。」原來蠍子放了毒，這大蜘蛛是最喜歡吸取的。只要把蜘蛛放到蠍蜇處，它會啃住死吮不休，把毒液盡力吮吸，人便由疼痛感到麻癢，直等到把毒吸淨，吸出鮮血來，人便慢慢地感覺吮疼，那時便該把蜘蛛拿開。經這一吸，人被蠍蜇處，真跟蚊子咬處，擠淨毒水一樣的舒服。這個法子還是崔澤父親崔豪，未失蹤時試過的。崔澤好容易找了這麼一隻大蜘蛛，滿面喜悅，教陶秋玲放到傷口處。

陶秋玲卻怕蜘蛛的醜惡，堅不肯挨。崔澤很著急，再三解說，末後竟用強抓住了陶秋玲的手腕，硬把蜘蛛放上去。

陶秋玲是除花蟲，誤被蠍蜇，傷處在右手食指上，食指已然赤腫滾燙，疼得很厲害。崔澤給她治，她仍然抵拒，連說：「我怕蜘蛛！」崔澤竟拖住她的腕子，摊著她的身子，硬把蜘蛛放在陶秋玲的手上了。卻是奇怪，那蜘蛛本來想跑，剛往陶秋玲手上一放。陶秋玲正要甩掉它，它似乎嗅到了蠍毒，立刻一跳，跳到傷口上，立刻吸住不動。

蜘蛛死吮不休。陶秋玲起初火辣辣的疼不可忍，被這蜘蛛一吸，頓覺十分好受，由劇疼漸見輕減。等到蜘蛛咂過一會兒，傷口反到麻蘇蘇的又疼又癢，好像比不蜇還美。她再不抵拒了，連說：「奇怪，奇怪，表哥，這蜘蛛真怪，它怎麼愛吸蠍毒呢？你怎麼會曉得這法兒呢？」她這時也不嫌蜘蛛醜惡了。

她伸著手指，任聽蜘蛛給她吸毒；可是她的這只腕子，依然被崔澤抓著，而且身子也偎在崔澤懷裡。她們倆凝眸看這神奇治療法，放浪形體，忘其所以了。

那陶元偉尋了藥來，一腳踏到把式場，又正正望見她倆。

他又不由動怒，竟抽身回去，向娘子大發怨言。說是：「女孩子大了，你做娘的也不管管？」陶娘子反唇相譏：「我怎麼不管？你整日領著兒女練拳，是你把門風做壞了。」兩口子背著兒女抬槓，一連兩天；到後來崔娘子覺出來了，便過來勸解。

這一勸，自然要問緣故，陶氏夫妻全都啞口無言，不肯說出拌嘴的因由。只是陶元偉不住在女兒身上挑錯，「這大姑娘，天天貪玩，也不好生學活計，將來怎生得了？」翻來覆去地鬧，把陶秋玲也說哭了，還是不知哪裡的事。陶元偉見了崔澤，也露出惱怒的精神，有時責備他不用功，沒志氣。鬧得崔澤諾諾連聲，避不見面，向他母親說：「姨父這些天是怎的了？莫非嫌我們在他家寄居嗎？我屢次要出去尋父，母親又不許我出門，我不願聽姨父的閒話了，我打算……」於是說出兩個打算，一個打算是偕母遷居他處，離開陶宅的庇護。一個打算是獨自出門，仗劍尋父，母子兩人悄悄議論，一個要走，一個攔，也拌起嘴來。

兩家這樣鬧了半個多月，終於棉花包不住火，崔澤和陶秋玲也有些覺察了。結果是這一對表兄妹，有一天偷偷哭了半夜。緊跟著崔澤失蹤了六七天，找回來之後，決意要送母親弟弟回原籍，他自己再出門尋父。陶秋玲姑娘在那裡，也無端地流眼淚，生病，又說再不練武了，她要吃齋唸佛。

陶元偉到此懊悔起來，又經陶娘子圓說著，到底疼兒女心盛，這兩家家長，經一度協議，就把兩姨兄妹的婚事，暗暗訂下了。可是當時並沒有徑直告訴崔澤和陶秋玲二人。崔娘子只對崔澤說：「孩子，你好好練功夫吧，你姨丈說了，只要你有志氣，將來有發達，就把你表妹許配給你。」隨後又囑咐崔澤：「以後對表妹要多多留神，形跡上要多莊重，不要太隨便，教你姨父看出什麼來，認為你年輕輕薄，就不好了。」

同時陶娘子囑咐女兒陶秋玲也說：「孩子，你好好地學活計，學過家之道吧。你也不小了，不要再練武了，還有，你跟你崔表哥，形跡上也該疏遠一點。你爹爹對我說了，打算把你許配給你表哥，可是得要他有志氣，不貪戀……只要他能夠賺錢養家，就答應他娶親成婚。」

兩家家長所以如此說，只因為表兄妹耳鬢廝磨，從小到大，形跡上過於親密，隱恐他們倆，曉得了婚事一定，行止不知檢點，更鬧出別的笑話來。

崔澤和陶秋玲，自從聽了自己的母親諷示的話，俱各滿心趁願。兩個人以後見了面，果然都有點羞澀。既有了避嫌的心，兩人只能遠遠地眉目傳情，再也沒有勇氣促膝對談了。

哪知這樣下去，出乎意外，竟又弄出別的枝節來。

到轉年忽有一日，有兩個生客，登門來找崔姓。其中一個客人把崔澤看了半晌，淒然地說道：「你不是澤兒嗎？幾年沒見，你也這麼高了。你不認得我了嗎？我是你六叔。」又指身旁那人道：「這位是你許叔父，跟你父親換過帖的。你進去對你母親一說，就曉得了。」

這來訪的兩個人，一個是崔在雲，乃是崔豪的遠門族弟。

這個姓許的，名叫許夢松，跟崔澤的父親崔豪，同幹過鏢行，彼時崔澤尚小，自然不甚認識。當下進去報知崔娘子，崔娘子延人堂屋相見。說起舊話，彼此淒涼。崔娘子命二子拜見族叔，盟叔。敘談起來才知是崔在雲來販賣貨物，他自己不會武藝，故此邀請鏢客許夢松相幫護送。這一回是便道來看看族嫂族侄的近況。當下又說起崔豪離家沒有下落的話，崔娘子含淚打聽崔在雲，崔在雲一點不知道，更打聽許夢松，許夢松也說不清。只恍惚聽人說過，崔豪已經在武當山出家了，可是武當山來的人又全不知道；也許崔豪已經更名改姓，故此江湖過客沒人曉得了。

崔在雲、許夢松在定陶縣住了兩天，該著動身赴豫了。崔澤就向母親說，要和崔六叔、許盟叔一同出門，一來學做買賣，二來訪鏢行，尋父蹤，三者也要闖練闖練。崔娘子捨不得兒女，仍不準崔澤出門。後來驚動了陶元偉，陶元偉卻極力勸說：「澤兒已經二十一歲了，實在該出去練練了。大嫂總捨不得他，他永遠不出門，永遠是個孩子。」又暗示說，等崔澤在外賺錢回來，就可以給他們辦喜事了。

這樣又費了兩天唇舌，崔娘子苦想了一通夜，這才揮淚答應，遣子離家，試踏江湖。崔娘子連夜打點行囊，崔澤又偷偷和表妹陶秋玲屏人私談，陶秋玲囑咐了他許多話，又教他常常寫家信；萬一在外面遇見艱難，千萬捎個信回家，家裡可以想法子。

於是一番別筵，崔澤雄糾糾地竟跟著崔在雲、許夢松，搭夥做起行販了。那崔在雲雖是崔澤的族叔，卻是個古板商人。

倒是許夢松，既係鏢客出身，又很喜歡崔澤的豪爽，一路上很照顧他，談了許多江湖上的經驗。這許夢松年已四十餘歲，武功很好，卻是個好說好笑好熱鬧的人，跟崔澤兩個人非常投緣。走了幾天路，許夢松就把崔澤收為弟子，還要傳他暗器。

他們三個人，押著貨車，由山東往河南的大路走，這一日來到開封，落店止宿，崔在雲自去做他們的買賣。許夢松對崔澤道：「我記得此地南關，有一家德勝鏢局，內中有紅頭霍玉、小燕子霍真兩個鏢師是我當年好友，咱們去看看他們，就手打聽你父親的消息。」崔澤問道：「這霍真和霍玉有什麼本事？是何等人物，叔父說一說，也好讓我知道他們的底細。」許夢松道：「霍玉和霍真是同胞兄弟倆，倒沒出奇的本事，只是霍真的輕功提縱術，高人一頭，他的『一鶴沖天』與『燕子鑽雲』、『燕子三抄水』獨步江湖；人又生得短小，所以人稱小燕子。」送別了崔在雲，這兩人徑到南關德勝鏢局。

許夢松登門投帖，鏢局夥計一聽，忙進去通報。不一時，聽見裡面大喊大叫，出來一人道：「許大哥在哪裡？快到裡邊坐。」許夢松一看，卻是黑斑牛李豹，忙搶前一步道：「牛兄弟，想不到會碰見你，咱哥倆有好幾年沒見面了。」李豹大笑，指著崔澤道：「大哥這是誰，可是大哥的令郎嗎？多麼精神，大哥真好福氣。」許夢松忙道：「牛兄弟，這不是我跟前的，這是當年舊伴崔豪大哥的長子崔澤，現在算是我的記名弟子。」

李豹聞言，哎喲一聲道：「崔大哥的兒子嗎？」忙上前拉住崔澤的手道：「你認得我嗎？」許夢松笑道：「牛兄弟，那時他還小，怎會認得你？」指著李豹道：「這是黑斑牛李豹，你李叔叔。」

崔澤忙上前行禮，早被李豹拉住道：「別行禮了，我是受不得禮的。」許夢松笑道：「李大弟，還是當年的脾氣。」

李豹大笑道：「改不了呢！人一給我行禮，我渾身不得勁。」又道：「大哥，快往裡請，我給你引見一個朋友，這人也是咱們想見的人。」許夢松道：「誰？」李豹道：「遼東三龍的一龍龍天照，大哥可會過嗎？」許夢松搖頭道：「久已聞名，未得一會。」

當下，眾人進了上房，李豹一一給介紹了，龍、許二人各自道仰慕之意。崔澤早聽陶元偉說過遼東三龍，今日得見，不由暗加打量。只見龍天照，身體魁梧，精力充沛，年紀約四五十歲，卻也看不出有什麼特異的本事來。

許夢松與龍、李二人說得投機，李豹因問許夢松，此次帶崔澤出來的緣故。許夢松如實回答，說是順路帶領崔澤到外面闖練闖練，二來引見他訪問鏢行，打聽他父的下落。叩問龍、李二人，可知道崔豪的下落不？龍天照首先道：「崔豪大哥曾到小弟那裡，不過待了兩三天，便自出關了，以後便沒有聽見過他的消息。」李豹道：「我只知道七雄弟兄曾到處尋找崔大哥，找了許多日子，忽然連七雄也不見了。有人說七雄已經隱居，不知崔大哥是不同著河朔七雄一塊兒隱居？」許夢松聽了，不覺望著崔澤皺眉，又問李豹道：「李大弟，七雄弟兄現在隱居何處？」李豹搖頭道：「不知道。」許夢松道：「霍氏弟兄呢？」李豹道：「巧了，都出去了。現在鏢局裡只有管帳的先生，和幾位保鏢的師傅。」許夢松道：「你們哥倆什麼時候來的？」龍天照道：「我們哥倆來了有好幾天了，小弟這次有點事到鄭州，便遇見李大弟，李大弟也沒有什麼事。小弟便約李大弟逛逛洛陽，不想走到這裡，和霍氏弟兄談上了。霍氏弟兄說，保鏢回來，要小弟一同去到杭州西湖玩玩，教我二人等他。許兄如若無事可否一同到西湖玩玩，小弟也可同大哥多談些日子。」許夢松道：「李大弟，霍氏弟兄什麼時候可以回來？」

李豹道：「大約再過三四天，就可以回來了。」許夢松道：「好，咱們就一路去。」原來許夢松把崔在雲的貨送到開封，跟下便算沒有事了。

過了幾天，霍氏弟兄果然回來，還跟著幾位鏢師。許夢松見了霍氏弟兄，握手道故，又跟霍氏弟兄打聽崔豪的消息。霍氏弟兄也說不知。許夢松不覺嘆氣，李豹勸道：「大哥莫心焦，找人不是一件容易的事，大哥又多日未到河南，地面上未免生疏。小弟想大哥既然親自出馬，憑大哥眼界這麼寬，找崔大哥這個名人，還發愁嗎？」

許夢松笑道：「李大弟，我這幾年改行，江湖上的近事，未曾聞問。那些當年的老友，都不知去向了，新出的英雄，我又不知道，故此覺得打聽消息，不易著手。」眼望著李豹道：「李大弟這幾年仍在江湖上活動，不知可……」

李豹忙答道：「大哥怎的客氣，小弟當然幫忙。」原來李豹與許夢松、崔豪，俱是好友，李豹又是管閒事的人，故此一口答應了。

許夢松忙喊崔澤過來，讓他謝過李豹。崔澤依言行過禮，李豹忙攔住道：「別這麼多禮，都是自己人。」看崔澤身材適中，紅潤潤的面色。胸脯凸著，顯得非常英武。李豹看著非常喜愛，問崔澤道：「你今年多大了？」崔澤恭恭敬敬地答道：「小侄今年二十一歲了。」李豹忙拉他坐下道：「別跟我這麼客氣，坐下說話。」崔澤不肯坐，李豹再三讓，他才坐下。李豹問他道：「你都會些什麼功夫？」崔澤道：「小侄只會打幾套拳，和尋常的棍棒。」李豹道：「是跟你許叔父練的嗎？」崔澤道；「是跟陶元偉陶姨父學的。」李豹笑道：「咦，老陶還收徒弟？」

對崔澤又道：「你陶姨父收了幾個徒弟？」崔澤道：「連我只四個。我和我弟弟是兩個，還有陶師妹，陶師弟。」

李豹大笑道：「陶姑娘也會武功嗎？」崔澤點頭，李豹回頭叫許夢松道：「許大哥。」許夢松正和龍天照、霍氏兄弟談得熱鬧，聽李豹喊，回頭道：「李大弟，你又做什麼？」李豹道：「大哥，你居然把老陶的徒弟帶出來了。想不到他居然肯開門授徒，他的徒弟，武功絕含糊不了。」招呼崔澤道：「來來，咱們到場子練練，看看你的功夫怎樣？」崔澤含笑不肯，連說：「小侄實在不行。」龍天照和霍氏弟兄，也在旁慫恿道：「名師必出高徒，崔世兄一定錯不了。」

崔澤仍然不肯練，把眼望著許夢松，許夢松道：「這都不是外人，你就跟著叔叔大爺們練一練，過過招，也增些見識。學而不用，到真遇見敵人的時候，就不成了！」崔澤才訕訕地跟著李豹走，來到鏢局練武場。許夢松先讓崔澤練一趟拳。崔澤依言下了場子。他素日練時，雖不怕人瞧看，不知怎的，今日當著這些人，竟有些心慌意亂。勉強說了幾句客氣話，卻已掙得滿面通紅。當下拉開架勢，練了一趟拳，刺了一趟刀，龍天照不覺點頭，對許夢松道：「到底陶元偉陶大哥教導有方，看他年紀輕輕，能練到如此，真不容易。」眾人俱都誇獎。

練完後，崔澤輕輕向許夢松耳邊說了幾句話。許夢松微笑，轉頭向龍、李、霍四人道：「我這崔賢侄，他也要見識見識諸位前輩英雄的本領，尤其這個孩子，聽說霍二兄的輕身術很好，要想看看霍二兄的『一鶴沖天』、『燕子鑽雲』及『燕子三抄水』等絕技，霍二兄可否一顯身手，也讓他們小一輩的見識見識。」霍玉笑道：「小弟末技，何足掛齒，既然崔世兄要看看，小弟只得獻醜。」

李豹喊道：「霍老二，別淨說，趕快寬衣裳，下場子。」霍玉笑道：「你著的哪門子急！」說罷，找到一棵樹，站在下面，笑說道：「眾位看著，練不好可別笑話。」李豹道：「別囉唆了，快練吧。」霍玉不答，凝神作勢，雙臂一張，嗖的縱起一丈多高。未容下落，右腳踩左腳面，稍稍一墊，趁勢又縱起八尺高來。方要下落，右腳踩左腳面，又縱起五六尺高；一共縱起約有兩丈七八的樣子。下落之時，伸右手一抓樹枝，借勁使勁，一個雲裡翻，只聽嚓的一聲，竟自折下一枝樹枝。隨後輕飄飄落下來。真個是墜地無聲，眾人一齊驚嘆。

頭一個李豹大喊道：「霍老二，真有兩下子。」霍玉微笑，向龍、許二人道：「獻醜，獻醜。」龍、許二人稱讚不已。李豹笑拉崔澤道：「咱爺們一塊兒練練去。」崔澤推辭道：「小侄怎是叔父的對手，不要捉弄小侄了。」李豹道：「不相干，又不是真打，咱們自己爺們玩，你把我打趴下，我把你打倒下，都沒有說的。快來，快來。」崔澤自練會功夫後，從來沒有和外人動過手，本也想試一試。只是初和江湖上成名的人物過招，未免有點膽怯。見李豹已跳入場中，連聲招呼他，他也就躍躍欲試，回頭看了看許夢松。許夢松衝他微笑道：「賢侄不妨下去，陪你李叔叔練練，李叔叔不會真打你的。」

崔澤笑著應了一聲，走到場中，對李豹道：「李叔叔，手下可勒著點，小侄恐怕接不住。」李豹道：「哪裡這麼些客氣話，快動手。」崔澤道：「那麼小侄就無禮了。」李豹不答，崔澤立了一個架勢，李豹也立了門戶，崔澤用六合拳，李豹使八卦游身掌，崔澤一上步，用雙手招數，左手一晃，右手「力劈華山」，向李豹頭頂就是一掌。李豹見掌切近，左掌往外一穿，身隨掌走，身形借穿之勢，早到了崔澤身後，並未發招，想要看看崔澤的身法。崔澤見一掌劈空，李豹轉到自己身後。連忙回轉身，雙掌並出，用「雙撞掌」，向李豹兩肋一擊。崔澤想這回總得中上一掌，往左閃有右掌，往右閃有左掌。那李豹卻也暗暗一驚，不意崔澤手法如此之快，連忙腳跟用力，身形往後一倒，用「蜉蝣戲水」、「金鯉倒穿波」，小巧之技，身子躥出去三四尺，大家哄然叫好。那崔澤不由吃了一驚，沒想到李豹有這麼一手功夫，幸虧使的三成力，否則自己勢必栽一個踉蹌。

第五章　狹路逢仇

李豹站定身形，喊道：「老賢侄，真不含糊，咱們再來來。」崔澤的迅快手法，引起了李豹的高興。二人分而復合，又折了幾個照面。李豹看清了崔澤的拳路，施展進手招數，使動身法，圍著崔澤亂轉。崔澤感覺李豹身法過快，自己一下也打不著對手，心中著急起來，不覺招數越來越急，越來越猛；不一時汗已下來。許、龍等人，在旁看清，點頭微笑。龍天照道：「年輕人都犯一個毛病，就是沉不住氣；其實沉住了氣，崔賢侄不見得輸。這一來，崔賢侄輸得就快了。」許夢松點頭不語，霍氏弟兄道：「崔賢侄年紀輕輕，手法已經這樣好，可見許兄訓練有方。」許夢松笑道：「二位賢昆仲別改我了，人家是陶元偉的徒弟，跟我出門，還不到兩月呢。」

原來這時已分勝負，那崔澤打不著李豹，不覺心中起急。年輕好勝，總想碰到李豹一下，然後下場。無奈抓不到機會，忽見李豹露了一個破綻；崔澤大喜，連忙使「鴛鴦腿」，雙拳一晃，右腿飛起。李豹早已識得，假意一閃。崔澤連忙又飛左腿，早被李豹一側身，伸手捉住，哈哈一笑道：「賢侄算了吧，快歇歇，擦擦汗吧。」崔澤臉一紅，道：「到底李叔叔本領高強，小侄差得多了。不知小侄何時，才能趕得上李叔叔的本事。」言下，頗為慚恧。

這就因為崔澤總自以為自己學的本領，雖不是天下無敵，卻也自認拿得出，吃得開。不想初次動手，連人家衣服都沒碰到一下，便自落敗，未免心灰氣短。李豹早已看出情形，忙過去拍崔澤的肩膀，安慰道：「老侄，你本領真不壞，年輕人到你這份兒上，也很難得了。論理你盡可敵得過我，你陶叔父一定給你講過，動手時，切忌心浮氣躁。你因為打不著我，就心氣浮動了。你想一想，你後來拳足生風，求勝心切，勢必用力過猛，也就不能持久了。不能鏖戰持久，乃是青年人的大病。幸虧你這是和熟人動手，要是真遇上仇人，彼此拚命相撲，老侄，那時候誰沉得住氣，誰才能勝。要是和今天一樣，老侄，你可就吃大虧了。」

崔澤聽了點點頭，道：「李叔叔說得不錯，陶叔父和許叔父也曾囑咐過小侄，動手時，務須沉住氣。不知怎的，和你老一動手，簡直手忙腳亂，氣一點也沉不住了。」又道：「李叔父幸虧未怎麼還招，若還招，小侄不定跌多少跟頭呢。」李豹笑道：「你李老叔的本領就頂到這裡了。」二人說著話，出了場子，許夢松笑問崔澤如何？崔澤道：「李叔父的拳法，看來倒也平常，小侄只覺得招數變得太快，只是招架不來。」許夢松笑道：「那是你經驗太淺，和人動手的機會少，你李叔父只憑他在江湖上的經驗，就勝過你了。以後切記動手時，心要鎮定，不可起急。你前半還好，後來太慌了，進攻太急，破綻太多。幸是熟人，若遇見敵人，可就壞了。」

許夢松這樣說著，崔澤唯唯答應，龍天照和霍氏弟兄道：「得了，許兄，你看他才多大，能同李大弟支持這一會子，也就算很不容易了。」又笑道：「當年小弟像他那麼大的時候，比他更慌，恐怕老早就輸了。」當下龍天照和許夢松等人也隨意練了幾種功夫，方才散場。

又過了一二日，崔澤尋父心急，意欲先訪武當山，暗中對許夢松說，要提早動身。許夢松答應了，便邀霍、龍、李四人同赴洛陽城，四個也都答應，定後日一同動身。忽然鏢局內，又有人請龍、霍三位，說是有當地數位武林後進，久聞關外三龍大名，特設席相邀一會兒。並請霍氏弟兄作陪。龍天照皺眉道：「這些應酬的事情，實在討厭，霍氏昆仲請替我推辭了吧。」霍氏弟兄道：「人家特意慕名來邀，怎好推辭，大哥一定要躲，豈不得罪武林朋友。」龍天照沒法，李豹咂嘴道：「人的名，樹的影，我黑牛到哪裡也沒有人來請。」龍天照笑道：「若不然，李大弟替我去。」李豹道：「不行，我可沒有那麼大的面子。」

龍天照無法再辭，只得暫留，那許夢松道：「龍兄既然有事，小弟就先行一步了。」留下洛陽相會的地址，許、李、崔一行三人，即日離開了開封。

許、崔、李等人，來到洛陽，投店止宿。告訴店家，如有姓龍的、姓霍的來找，可開屋門讓他進內相候。三個人歇了一宿，次日便聯袂出去尋訪武林舊友，打聽崔豪的下落，順便遊覽附近的古蹟名勝。三個人先到各寺觀，次到各鏢局，逢人便打聽崔豪的蹤跡，仍是一無所得。許夢松道：「牛兄弟，崔賢侄，我想崔豪老兄既然灰心厭世，怕不肯在城內熱鬧所在落腳，咱們應該到城外去找。」李、崔二人點頭稱是。三人遂又到城外。一來尋人，二來遊山逛景，一連數日，逛了好幾個地方，許夢松惦記著替崔在雲運貨的事，要等一個消息，這一日不願再出門，對李豹二人道：「李大弟，你們爺倆出去吧，我先歇一歇，等龍、霍他們來。」李豹道：「大哥只管歇息，不用管我們爺倆了。」喊崔澤道：「老侄來，跟叔叔出去玩玩。」李、崔二人徑奔城外桃源鎮去了。

桃源鎮在城南，也是洛陽的名勝所在。二人到了桃源鎮，稍逛了一會兒，天已近午。找了個飯館，要了些酒菜，先喝起來。二人對喝了一會兒，劃起拳來。結果李豹一連輸了好幾拳，此時約有七八分醉了。崔澤年輕量小，雖然喝得少，也有五成醉了。兩人便不再喝，匆匆叫了飯來吃了，一同出離飯館，繼續往前遊覽。走了一程子，崔澤一眼望見前邊疏疏落落，圍著一圈人，影影綽綽見場中有人來往奔走，夾雜著刀光劍影，猜是練武的場子。性之所近，兩人不邀而同，信步走了過去。找了個空子，擠入人群，兩人佇立並觀。二人心想著這練武的人，本領一定不壞，他二人也好開開眼。不料仔細一看，這只是三四個年輕人，在那裡打拳，功夫很平常，沒有什麼出奇的拳技。

兩人失望，正待要走，這時忽有兩個少年，抄起兵刃來，練的是單刀破花槍，招招式式卻也如法，只是不甚精彩。二少年對拆了幾個回合，忽見使刀的少年使了一招「橫掃落葉」，矮身形，刀奔下三路掃來。使槍的騰身一躍，用槍桿往使刀的背上一壓。那使刀的本領稍弱，反腕子雖然把槍架住，卻撤身稍遲，被使槍的飛起一腿，蹬在肩頭上，噗的一個倒蹲，斜坐在地上。使槍的笑道：「師弟，你還差一點。」眾人哄然大笑，使刀的把刀也撒了手，臉上有點掛不住，便道：「這回我沒留神。」使槍的笑道：「老四，你哪回留神來著？」

這時崔澤在旁見了，不禁失聲笑起來；別人笑完，他仍自笑個不住。李豹推了他一把，他也不覺。那使刀的少年不覺惱羞成怒，看李豹、崔澤二人，精神奕奕，武士裝束，不由怒道：「你們是什麼人？笑什麼？我們自己弟兄練著玩耍，用你們來取笑？有膽子下場來，比試比試，別在一旁偷笑，那算得什麼東西。」瞪著眼望著李、崔二人，又道：「不敢下來，就趕緊走開。」

崔澤知道自己一笑惹出麻煩來，卻聽這人口氣尖銳，不由生氣道：「咦，青天白日，還不許人笑不成，好厲害呀。」李豹也吐舌道：「老侄，快走吧，回頭咱們也挨上一腳，弄一身土，可是不值得。」崔澤冷笑道：「自己本領不濟，挨了打，拿別人出氣，我卻怕得很。我也不會武，也不敢跟人動手，吃了虧，也不會訛別人。」回頭叫著李豹道：「李叔父，咱們走吧。」昂然回頭便走。

那使刀的少年勃然大怒，叫道：「朋友，你們嘴這麼巧，手底下一定更巧。來來來，在下要領教領教。」一縱身，躍到崔澤面前，伸手就是一掌。崔澤早已留神，急向左一上步，正待回頭還招。李豹比他還快，早搶過來，伸手拿住那少年的腕子，使手法一翻。那少年身不由己；一轉身，正要使破法，早被李豹抬起一足。用膝蓋向少年背後輕輕一點，那少年一個狗吃屎，趴倒在地，摔得咣的一聲。

使槍的少年，見狀不由暴怒，道：「好個狗頭，真敢撒野？」掄起花槍桿，奔李豹肩臂砸來。李豹閃身一躍，縱出五六尺。方要拔匕首，那崔澤早搶上來，拔出短刀擋住，道：「讓我來。」竟展開刃法，與那使槍的少年，對起招來，當下四圍人眾不禁大嘩。可是他們並不是真拚命，雖然動了傢伙，仍按武林過招的路數，較量起來。眨眼拆了十來招，少年被崔澤用進手招數，搶人懷裡，花槍施展不開，崔澤右手刀一晃，左手一掌，把持槍少年重重打了一下，幾乎跌倒，直搶出數步，方才站住。

這些練武少年譁然大噪：「反了，反了，這還了得！兄弟們，全上啊！」一面派人去勾兵送信，說是有兩個人，來到把式場搗亂，一面就發動了群毆。這三四個少年，各使花槍、單刀、木棒，直奔李、崔二人。李豹眉頭一皺，舞刀對崔澤道：「不好，惹了禍了，咱們走吧，預備好了。」崔澤點頭，二人會在一處，各個一縱身，各揮兵刃一沖，就勢各掏暗器。崔澤取鏢，李豹取出飛蝗石，二人喊了一聲，撒手齊放。把式場四個少年中，早有二人中了暗器，一個傷了胸前，一個傷了大腿。餘下二人自知不敵，大嚷一聲，攙扶受傷的人，不來尋毆，反而退去。李、崔二人，這才放心急急奔回店房。

剛剛回到店房，後面飛也似的追來一人，竟堵著門叫道：「喂，二位武林朋友，請出來一會兒。」李、崔二人剛要找許夢松說話，許夢松恰巧不在，聞聲愕然回頭。見追來的是四五十歲的一個男子，黑鬚掩口，目光銳利，一身拳師打扮，當門一站，對二人抱拳道：「二位朋友，剛才在把式場獻技的，不就是二位嗎？」

崔澤看著李豹發愣。李豹挺身抗言道：「不錯，剛才獻醜的是我們二人，不知足下問此何意？莫非是來替方才那些人找場的嗎？」那人笑道：「不敢相瞞，聞聽二位武技純熟，暗器打得精妙絕倫，劣徒得以親承指教，真乃三生有幸。在下聽見了，也不覺技癢，想跟二位高賢盤桓盤桓，不知二位可肯賞光賜教嗎？」

崔、李二人聽了，曉得這是方才挨打人的師父來了，料到必有一番爭執、較量。崔澤搶著要說話，李豹忙攔住，冷笑道：「閣下便是方才那幾位的師長嗎？得罪，得罪，不知閣下怎麼稱呼？」那人道：「我叫鴛鴦膽方子材，二位高名？」李、崔二人也通了姓名。

李豹沉住了氣，把方子材讓進店房，偏在這時許夢松已然出去，獻茶之後，李豹笑著說道：「方老師的意思，我二人已然明白。但不知方老師願意在何處賜教？據我看來，不如就地分拆了，倒好了！」方子材站起來說：「也好，請先進招。」李豹道：「請。」

李豹正要上前，崔澤搶上一步道：「李叔父，請等一等，我先和這位方老英雄領教領教！」竟凝雙目，看定方子材，雙雙走出店房，到店後廣場，交起手來，李豹也跟了出來。

崔澤自上次和李豹動手輸招之後，增了不少見識。這一次動手，許多小心，穩住氣，不求有功，先求無過。展開拳腳，只取守勢，不敢搶攻。那方子材乃是少林拳有名人物，起先小覷了崔澤，以為一個乳臭未乾的小兒，三拳兩腳，就能擊敗。不想崔澤親承家學，自小便受鍛鍊，由打七八歲就練起。至今兩經名師，也有十二三年的功夫。又有好導師，又有好武伴，這十二三年的功夫，足抵別人二十年的苦練。方子材使少林羅漢拳進手招數，占得了上風，經崔澤沉著應戰，一時竟難取勝。鬥了約二十多個回合，方子材不由急躁起來，心想不給他一個便宜，不能得手。恰巧崔澤一個「雙風灌耳」打來，方子材把雙手一分，「白鶴亮翅」，故意用力過猛，露出前胸來。崔澤大喜，見漏就揀，忙一掌擊去，以為必可得手。哪知人家比自己還快，右手急似電光，早一把擄住崔澤右腕。崔澤忙用破法，「金絲纏腕」，來反找方子材的右手。那方子材早已料到如此，右手撒開，身形一轉，到了崔澤右側。伸右手閉住崔澤左臂，左手一掌，口中吐氣，嘿的一聲。崔澤心知不好，順著掌力一伏身，叭的中了一掌。可是掌力已泄去一半，就這樣，崔澤覺得面前金星亂冒，胸前似有物往上湧，眼前一暈，趴伏在地。

李豹見狀大驚，復又銳聲大笑道：「真狠呀。」一縱身，足未落地，一掌劈出，道：「方老師接招。」方子材抽身還招，道：「正要跟你領教。」李豹咬牙切齒，伸二指「二龍取珠」。照方子材點去。方子材用手一閉，李豹復一拳，「黑虎掏心」打去，又一腿奔方子材下三路掃來。方子材架開拳，躲開腿，暗道：這傢伙倒有兩下子。展開拳腳，使十八字訣，拳風揮動，一霎時便將李豹圍在當中，李豹極力應付，漸覺不敵。

正在這危急之時，忽聽外面有人喊道：「方老大，別耍了。咱哥倆來來。」方子材一聽口音很熟。虛晃一拳，縱出圈外，一看，不由大喜道：「原來是許夢松，許大爺。」這時李豹也住了手，滿頭是汗喊道：「許大哥，快看看崔賢侄吧，他受傷了。」一邊說，一邊看崔澤，只見崔澤已坐起來，咧著嘴發愣。

李豹忙問他身上如何，崔澤答道：「李叔父放心，身上不怎麼樣，一點也不要緊。」復又咬牙道：「這個老東西，手底下真狠，這一掌險些把我打吐了血，此仇非報不可。」李豹笑攔道：「得了吧，別說了。」看他氣色不大好，力催他回店休息。崔澤不肯，堅持要看看許夢松和那方子材怎樣對答。

原來許夢松獨留在店中，躺在床上要睡午覺，一時睡不著，又獨自喝了一回悶酒，約有四五分醉意。便不再喝。不知怎的，心中好像有事，信步出走店外閒繞，等候李、崔二人回來，過了好久，越等越不來，許夢松心中犯疑，心想這一個孩子，一個愣鬼，難道出了事故不成？正自思量，順著街道，往前尋找。忽見街上有幾個人且跑且說，這個人說：「二哥，今天想不到又有人打架，快看看去。……是一個中年人，一個少年人，都是外鄉口音，竟敢闖進方師父把式場中，踢場子逞能比武。可是這兩個人也真厲害，居然把方師父的兩個徒弟都打傷啦，他們動起傢伙來了。」那個人說：「這兩個人都是幹什麼的？方師父動手沒有？」第一個人說道：「沒有，若動手，那兩個準不成，兩個人看打扮，也像拳師，你還不看看去。」

許夢松一聽，心知是李豹、崔澤惹了事，慌忙隨眾，找了過去。果見打圈圍著許多人，當中一個老輩武師，正和崔澤揮拳邀鬥，眨眼間崔澤已被打倒在地，李豹搶上去交手，也正不敵。許夢松心中驚異，急急走過去，先不動手，凝眸細看。認得這個人便是多年前，在黃河岸邊，曾跟自己較技，結過一掌之仇的鴛鴦膽方子材。聞聽此人自黃河岸落敗之後，一氣歸家，精研掌法，矢志欲雪前恥，尋找自己很有時候了，不想冤家路窄，在此地相逢。事到如今，不能後退，趁李豹還未落敗，便一躍入場，抱拳大聲招呼。雙方應聲停鬥後退，許夢松滿面賠笑，向方子材道：「方老大，咱們黃河岸一別，老沒見面了。」

方子材側身捻拳，凝視許夢松，立刻辨認出來，大聲說道：「我當是哪位，原來是許老兄。許老兄沒說的，自從黃河岸分手之後，你我結下一掌之緣，小弟始終沒忘。小弟深羨許爺掌法高明，在此十年中，小弟不敢自棄，又投名師，另學了兩招掌法。每思得便，再和許爺對對招數才好，可是屢次尋訪未遇。不想今日幸會，在此地遇上了，這也是你我的緣分。這沒有什麼說的，咱哥倆總得交代交代！」

說罷，哈哈的笑了。

許夢松心知方子材心存芥蒂，也就笑道：「我卻不知方兄這樣看得起我，我若早曉得方兄這麼垂愛，我早就來求教了。今日我們幸會，方兄有話只管說，小弟無不遵命。不過小弟還有點該交代的事，但請方兄稍微候一候。」方子材冷笑道：「許兄反正不會拋下我不賞臉，既有貴幹，即請尊便。」許夢松不答，回頭對李、崔二人道：「你們倆回去吧，我遇見好朋友了，我得陪著方老師，多玩一會兒，你們倆快去吧。」匆匆說了這幾句話，李、崔二人互相顧視，不肯回店。許夢松發急道：「怎麼你們還不走？」李豹見許夢松發急，登時省悟他的用意，便道：「禍是我們爺倆惹出來的，我就得在這裡擎著，許大哥不必催我了，我得接你的後場。崔賢侄沒事，可以先教他回店。」說話堅決，不肯退後。許夢松皺眉點頭道：「也好，老弟既不願走，旁觀也行；只是我和這位方師父動手，無論是勝是敗，你可千萬不要幫忙，要緊要緊。」又低聲囑咐了幾句話，李豹、崔澤點頭會意。李豹就緊跟著許夢松。崔澤慌忙回店，向櫃房留下了話。又取一塊銀子叫店家派一個夥計，即刻給鏢局二霍送信。然後，他自己便把三個人的兵刃暗器都拿出來，打一個長條小包裹，急急地追尋了去。

許夢松這時跟方子材面面相對，說道：「方老大，咱哥倆在哪裡動手？」方子材略一尋思，道：「鎮外空曠地方吧，這裡來來往往的，行人太多，未免扎眼。而且誤傷了別人，也是不好，打著也不痛快。」許夢松道：「就是這樣，你道路熟，請你先走。」方子材點頭說好，立即當先邁步前行，許夢松、李豹二人後隨，街上有些好事者，也都來觀看。

不多時，來到鎮外一塊寬闊的地方。這工夫，看熱鬧的人，越聚越多，許夢松揮手，讓李豹稍稍後退，又低低說了幾句話。李豹會意點頭，恰巧崔澤由店房翻回來，把暗器兵刃遞給李豹。兩個人站在許夢松背後，聚精會神，照顧四外。那方子材用手勒了勒腰帶。收拾俐落，站在一邊等候，許夢松的兵刃仍由崔澤拿著，於是許夢松也緊帶登靴，打點全身毫無綳掉之處，這才和方子材對面。兩個人全都一側身，立了門戶。許夢松雙拳抱攏，立掌當胸，四目相對，掌不離肋，肋不離胸，一掌迎敵，一掌護身。

那方子材完全是少林拳法，許夢松仍用八卦掌應敵，二人這才在桃源鎮二次對掌。

方子材一起手，便用「金龍探爪」。左手一點許夢松的雙目。許夢松左掌往外一穿，右掌用「單撞掌」，奔方子材小肚一推。方子材急急收回左手，右手往下一切許夢松的右腕脈門，左掌往上斜劈許夢松的右肩，許夢松右掌急往外封，左掌還招。二人一霎時，走了十幾個照面。

許夢松一面應敵，一面觀看方子材的掌法：果然不似當年，少林十八羅漢手，招招有勢，勢勢有法，打出來挾有勁風，既快且狠。許夢松不由心中作念，小心應付。自己振起精神來，把八卦游身掌，加意打出。不一時又過了二十餘回合。

方子材越打越勇，招數越來越狠，恨不得一掌擊死對手。許夢松眉頭一皺，心想：何不如此，給他一下！把掌法一變，一會兒的工夫，連換了八仙拳、猴拳、迷蹤拳、五行拳、紅拳，好幾種拳法。方子材微微一愣，仍用他的少林十八羅漢拳，以不變應萬變。

輾轉搏鬥已經五十多個照面，兩人全都微微見汗。忽然間，許夢松下三路露了空。方子材一腿掃去。許夢松縱身一躍，斜落在方子材左方，下落時，似乎腳踩在碎磚石上，墊了他一下，跟著身軀一晃。方子材見狀大喜，趁勢一縱身，右手使「金豹露爪」，一掌往許夢松上盤猛擊去。以為這一下，必定得手。哪知許夢松倏地一轉身，微退半步，接招發招，迅疾無比，剛剛一退，倏又撲前來，左手挾寒風，劈面一掌擊去。方子材一擊落空，微微一驚，不及閃避，忙用右手往外一穿。不料他的左手方碰到許夢松左掌，許夢松右手掌早疾如閃電，從左肋下伸出去，往方子材胸前一搗，噗的一聲，打中軟肋。方子材不由哎呀一聲，卻又咬牙忍住，臉上登時變了顏色。他卻暗運一口氣，雙眉一鎖，把嘴一閉，強行遏住，當不得胸中沸騰欲嘔。他雙拳一錯，依然強支苦鬥。在場的觀眾，頗有行家。有的就看出方子材已然受了重傷，雙目瞪著，揮拳如風，跟許夢松硬拚。就是這時，人群中忽然起了騷動之聲，好幾個少年壯士跳進場內，似乎要拉偏手，又似乎要發動群毆。

許夢松心思靈快之至，一招擊中強敵，也不再看方子材，突然叫了一聲：「承讓！」一伏身早躥到崔澤身旁。崔澤、李豹立刻迎上去。各亮兵刃，許夢松一把搶過刀來，說聲：「快走……」三個人立刻往外闖。果然許夢松剛竄開，一陣袖箭、石子，紛紛打到許夢松方才站立的地方。緊跟著人圈外，又跳出幾個人來，各執兵刃，截攻許夢松，並且喊罵道：「不要走，留下命來。」兩個少年壯士奔來攙扶方子材，一個黑鬚中年武師，緊緊迫攔許夢松。看熱鬧的人大亂大嘩，抱頭亂竄。

許夢松早已防到這一層。見人群一哄，便知對頭一定預備了埋伏。自己敗了，不過是招得他們大家嘩笑，挨一頓奚落；若是自己一戰而勝，方子材的黨羽，一定露面出來群毆找場。

現在果然不出所料，他趕快地一拉崔澤，教他亮兵刃往前闖，自己卻和李豹橫刃在後，攔住方子材的黨羽。仗他三人人數少而身手快，又早已提防下了，立刻一沖，沖出重圍。此時全場行人亂竄，崔澤邊跑邊問：「許叔父，這是怎的了？」許夢松道：「仇人要拚命，別問，快跑。」三人腳下加力，且跑且回頭看，轉瞬間，就看跑近店房。不想方子材在店前也已安下埋伏，把了個風雨不透，崔澤還要沖進去，許夢松把他一扯，說道：「進店不行，強龍不壓地頭蛇，我們落荒走吧！」

於是就在前奔後喊，行人喧譁的局面下，這三人展開飛行術，一道落荒疾奔。一霎時，跑出二三里路，李、崔二人回頭看時，本來十餘個人追趕，到現在只剩下五六個人，那幾個人全落在後面了。許夢松向崔澤道：「快跑，再跑二三里地，我們就夠著幫手了。」

三人復又加緊前行，後邊的五六個人仍然窮追不捨。其中有兩個人飛行術不凡，總與李、許、崔三人離著差不多，其餘幾個人又稍差。眼看跑到一片樹林跟前，許夢松低聲急向李豹、崔澤說了幾句話。李豹、崔澤一齊點頭，到了樹林前，停住腳步，背林傍樹而立，抹了抹汗，緩了緩氣，三人持刀相候。不一時那追來的兩個人已自趕到，頭一個五十多歲，手執練子鞭，第二個使劍，年約三十多歲。這兩人當林止步，正要繞林尋找，許夢松忽在樹後笑道：「二位別忙，先歇一歇，再動手。」

那使劍的少年立刻看見李、崔二人，不禁怒罵道：「混帳東西，看劍！」崔澤早搶過來接住，道：「朋友報個萬兒。」那使劍的少年道：「大爺黃振飛，你小子叫什麼名字，來替人家送死？」崔澤道：「老爺叫崔……」他剛要報姓名，許夢松忙從樹後探頭，喝了一聲。李豹那裡早和那老者打上，見崔澤和人答話，便也喊道：「老侄，還不快動手，你還等他歇過來嗎！」

崔澤大悟，立即擺刀迎敵。黃振飛舉劍相當，登時四人，打成兩對，許夢松竟不動手，在旁監視著。不一時後面又追來三人，上來就要幫助同伴，攻打李豹、崔澤二人。那老者喊道：

「別動手，攔住樹林後那個，樹林裡一定還有人，也得把住了，別讓他們鑽樹林跑掉。」

那三人依言，二人把守林邊，一人巡風，手提長槍，隨著黑鬚老者，要雙戰李豹，卻不齊上，只覷空左一槍，右一槍，在背後撿便宜，招數既賊且滑。那老者一條練子鞭也是神出鬼沒，竟盤住李豹，不斷在李豹頭上，前胸，雙腿往來繞打。難為李豹一把刀，敵住二股兵刃，忽然架開槍，還砍一刀，忽然躲開鞭，補進一刀，一霎時又鬥過了二十餘回合。任你如何英雄，雙拳怎敵四手，而且二人又非庸手，李豹漸漸遮攔多攻取少。他便濃眉一皺，覷眼偷視崔澤和許夢松。見許夢松仍然潛藏不露面，知道他必有陰謀。再看那使劍的黃振飛和崔澤，正打得難分難解。李豹暗道：逢強智取，不用險招，怎能得勝？

這時黑鬚老者的練子鞭，掃地捲來，李豹踴身一躍，卻往使槍的身旁躥去。使槍的少年大喜，對崔澤虛展一招，很快地收回來，照李豹劈面一槍。李豹更不還手，又一躥閃開。使槍的喝道：「哪裡走？」也隨著一躥，躥到李豹身後。那使練子鞭的老者卻在使槍的身後，三人正成了一條線。李豹大喜，猛一轉身，使槍的一挺槍，照李豹劈面刺來。李豹容得槍快刺上，急急一側身，右手用刀，往槍上一推，又往左一旋身，大喊一聲，唰的一刀，順槍桿橫劈過去。使槍的喊聲不好，急忙一伏腰，卻已不及。嚓的一下，三個手指頭隨刀飛去。李豹又一刀背，身隨刀進，把使槍的砸倒在地上，然後一縱身，又躍出五六尺。

第六章　李代桃僵少年落獄

黑斑牛李豹和崔澤剛剛回店，便被使練子鞭的老者率眾找上門來，雙方到附近曠場決鬥。李、崔二人手疾招快，先刺傷一人，登時激起群毆。老者大怒，掄練子鞭上前，嘩啦的一聲，冷不防照李豹打來，幸虧李豹躲得快，也險些著手。黑斑牛李豹縱聲大笑，擺刀指著老者叫道：「暗算不行，你不知二太爺眼觀六路，耳聽八方嗎？」

那老者眼見使槍的同伴負傷撲地，切齒怒罵道：「好狠的賊，此仇不報，一輩子沒完！」將練子鞭又一掄，口中喝道：「報個萬兒來！」

李豹道：「二太爺叫做黑斑牛李豹，你這個老東西叫什麼？」老者抗聲道：「你就是李豹，好好好，老夫方鴻鈞，今天叫你知道知道！」展開了鞭法，一條銀光上下飛舞，和李豹打起來，一面大叫道：「你們快上，全上！」

那巡風的三個人，見使槍的少年倒地，不由又驚又怒，早不待吩咐，一人上前扶救，兩人各執兵刃，齊來攻打李豹。李豹一口折鐵刀，遮前擋後，情知雙拳不敵四手，何況三敵齊上？他自覺不好，不由轉臉怪叫了一聲。喊聲才罷，圍攻他的人，立刻有一人狂喊，被樹後隱藏的許夢松抖手一暗器打中。

這人一倒，兩個同伴急忙尋看，許夢松嗖的跳出來，徑奔敵人攻去。轉眼間，許夢松迎住一敵，是個中年壯士。李豹仍與使練子鞭的老者方鴻鈞苦鬥，崔澤敵住那使劍的，正好勢均力敵。許夢松不肯力戰，連向李豹打招呼，教他抽身速退。不想被老者牽住，退不下來，崔澤和那個使劍的打了個平手，也是不能退下來。

崔澤年輕，經驗不如人家，起初打得用力太過，時候一長，有些後力不加，一把刀只顧得遮攔。年輕人好勝，依舊鼓氣狠鬥，打著打著，忽然靈機一動，何不用陶叔父教給我的暗器飛蝗石勝他。便反守為攻，揮動利刃，連連進刺。那使劍的少年黃振飛，只當崔澤還手乏力，不防他又反攻三刀，連忙挺劍招架。哪知崔澤以進為退，唰的翻身，連連躥跳，縱出兩三丈遠，刀交左手。黃振飛疑他力盡要跑。連忙趕上。崔澤暗喜，探囊取出飛蝗石，唰的一下，直奔黃振飛面門。黃振飛哈哈一笑道：「微末小技，也來獻醜！」右手提劍輕輕一撥，那飛蝗石早不知打到哪裡去了。

崔澤見一石不中。復又連探囊裡，唰唰又打出兩個蝗石，黃振飛連忙使身法躲開。崔澤大怒，把刀一插，雙手捏鏢，使迎門三不過鏢法，第一隻鏢奔咽喉，使七成力，第二袋奔胸腹，使八成力，第三只鏢奔下陰，使九成力，三只雁翅鏢雖不一塊兒發，可是一塊兒到，右左閃打兩肩，往上躥打胸坎，往下蹲身打肚腹，實在厲害非凡。破這種雁翅鏢法，非使大仰身，「鐵板橋」的功夫不可。

黃振飛猛見這三只雁翅鏢打來，不由吃驚，「這小子會打這種鏢！」果然使鐵板橋功夫，往後一仰身。雖然躲過三鏢，崔澤卻趁勢往前縱身，唰的一刀，用力劈去。哪知黃振飛功夫很不弱，竟早有防備。才躲過鏢，立刻一挺身，往旁一閃，翻腕子用劍一架。來刀過猛，只聽噹的一聲，震得黃振飛腕子生痛，那口劍險被打落。忙翻身躥起，左手虛揚一揚，喊聲：「著。」崔澤吃了一驚，忙閃身跳開。黃振飛趁勢逃走，只覺得右腕不得力。

崔澤戰敗敵人，稍稍緩了一口氣，見李豹被包圍，情勢不好，正待過去幫忙。只聽許夢松連聲呼喊，教他撤退。崔澤正打不定主意，許夢松忽然連發暗器，把包圍李豹的敵人打退，立刻引出李豹，叫著崔澤，繞林急往前跑。

敵人吃虧，不肯就捨，呼喝著，又糾眾追來。三個人如一陣風似的狂奔，此奔彼逐，轉眼跑出半里地。忽然見前面一帶疏林土崗，有人影一晃。崔澤剛剛吃了一驚，許夢松和李豹已然口發呼哨，招呼起來。可是後面追趕的人，也吆喝起來。

崔澤定睛一看，土崗後出現三人，正是霍氏兄弟和龍天照，霍真、霍玉首先望見許夢松、李豹，被人趕逐，忙踴身跳出來，回手拉刀，要上前解圍，不意他們剛剛一湊，把後面的追兵也認出來了，原來也是熟人。

當下，霍真、龍天照三人，全都趕上前，大聲喊道：「方老師，許仁兄，李大弟，別動手，都是自己人。」說罷手執兵刃，跳到核心，分開了眾人。

許夢松、李豹，一聞人聲，知是救星來到，精神不由倍長，舞起一團刀花，護住身體，跳出圈外，霍、龍三人連忙迎上去。那方鴻鈞見霍氏弟兄上來問話，也便收了兵刃，喘了口氣，瞪眼盯著來人。

當下，雙方全都住了手，霍氏弟兄在中間道：「方老師為何跟許、李二位動起手來？俗語說得好，不打不相識，大概你們彼此都是慕名，沒有會面，待小弟給你們介紹介紹吧。」方鴻鈞拭汗道：「二位好意，在下心領，在下也願多幾個朋友，只是我們那位受傷的朋友怎樣辦？」回手一指林邊受傷的少年。霍氏弟兄不由一愣，暗道：這事可不好解勸！霍玉勉強說道：「方老師，你們雙方動手，因何起隙，小弟全不曉得。可是動起手來，刀槍無眼，骨斷不能復續，依小弟看來……」方鴻鈞冷笑接口道：「依閣下看來，就此罷手不成？霍師傅，足下這番好意，我這裡謝謝了。不過這位許爺打得舍弟幾乎吐血，這位李爺比武竟敢動刀傷人。

這是血債，二位說該怎麼還？」

二霍未及答言，李豹勃然大怒道：「放你媽的屁，你們的人想要我的命。這是我傷了你們一個，要是你們四個宰了我，就沒說的了。倚多為勝，什麼東西！霍老二，請你在旁觀場，看我一對一跟這老傢伙鬥鬥！」重抄兵刃，又要上前。

龍天照在旁，急忙攔住，李豹甩手道：「龍大哥，這不是拉勸的事，小弟惹的麻煩，小弟自己頂著幹好了。」橫刀叫道：「方老頭，冤有頭，債有主，剛才那位，不是教我削斷了手指頭嗎！你要是不服氣，上來跟我打打，倆打一個，不是好漢。」

方鴻鈞冷笑掄鞭道：「我這一條鞭，就能要你的命，何必用別人。」縱步上前，一抖手中鞭，筆管條直，奔李豹胸前便點。練子鞭抖直了，亞似長槍，點上去可以直扎透後心。李豹怎敢怠慢，往左一上步，閃開了。方鴻鈞腕子一顫，一翻手，單風灌耳，鞭奔李豹耳門打來。這一鞭，快極險極，諸人一愣，哪知李豹唰的一伏身，鞭風從頭皮上掃過，眾人吃了一驚。方鴻鈞咬牙切齒，翻腕一鞭，泰山壓頂，劈頭猛砸下來。

李豹心知必有此一招，伏下身去，連頭也不回，左掌往外一穿，龍形一字式，身隨掌走，身似游龍，嗖地斜躥出五六尺遠。只聽叭的一聲，一鞭打地，塵土迷漫，震起多高來。李豹立定身軀，不由大怒，喊道：「好狠傢伙！」

那方鴻鈞也不答言，唰的一個盤旋，枯樹盤根，借一旋身之力，軟鞭貼地又奔敵手雙腿掃來。李豹毫不怠慢，更不容情，腳尖點地，縱起四五尺高，身未落地，兵刃遞出，折鐵刀挾肩帶臂劈下，方鴻鈞把鞭一收，一挫腰退回兩步，正待反攻，李豹急忙踏中宮，走洪門，快似飄風，玉帶圍腰，又復一刀。方鴻鈞剛剛抖鞭還招，不料李豹的刀來得這樣快，再想縱身躲閃，已然來不及。急忙一伏身，幾乎是鼻尖貼地，剛剛讓開這一刀。正要直腰。李豹喊道：「呔，又來了。」方鴻鈞急忙又一擰腰，刀果然又從背後，挾風嗖的劈過去。方鴻鈞忙一擰腰，側身縱出圈外，長呼一口氣，暗道：好險。

那李豹早一陣風趕來。掄刀便刺。方鴻鈞不敢大意，抖鞭相迎，手法全很險快。兩邊的人看得目瞪口呆，驚奇不置。

方、李二人各自展開純熟招數，繼續惡鬥。那方鴻鈞，恨不得一鞭擊死李豹。招數越來越緊，越來越快，霎時間，舞成一片鞭光，上下左右揮舞，緊裹住李豹，只聞得鞭過處，嗖嗖帶起風聲，更不聞一些練子聲響。那李豹圓瞪二目，振起精神，叫一聲好鞭，掄起折鐵鋼刀，也舞成一片刀光。刀光鞭影縱橫交舞中，只聞得二人往來躥跳，輕微的腳步聲，更不聞別的聲息。

不一時，又鬥了數十回合。雙方觀戰的人，各自掠陣，各自替自己的人著急，各自小心提防敵手的暗算。那龍天照看了半晌道：「方鴻鈞這老東西不愧人稱一條龍威鎮河南，鞭法果然是好。李大弟的刀法也真個不凡，正好抵得住。」又向崔澤道：「賢侄，這練子鞭最難練，又軟又硬，抖直了可以當槍使，硬架會拐彎。要練不好，會打著自己，可是練好了，最難抵擋。你李叔父這口刀，真難為他應付得來。」

崔澤點頭道：「小侄也聽人念叨過，使軟傢伙幾個名人，其中就有方鴻鈞，那幾位小侄記不太清了。」又道：「龍叔父，方鴻鈞鞭法這樣好，使軟傢伙的可算第一嗎？」龍天照笑道：「方鴻鈞離第一還遠著呢，不過三四路罷了。」崔澤忙道：「龍叔父，那麼第一是誰呢？」龍天照看著微笑道：「使軟傢伙的，第一得說南方大俠七星鞭杜仲衡，第二得說……」霍玉接口道：「就得數關東三龍，你現在的這位龍叔父。」龍天照道：「霍兄弟，你別改我了，我還不配算數呢。」

崔澤看著龍天照道：「龍叔父也使鞭嗎？」霍玉道：「老侄你不曉得，你龍叔父一條桿棒，關外山東河北聞名，乍一出手，滄州對棒，戰敗虬龍棒馬子元，繼又在濟南擊倒過天虹。賢侄，你陶叔父沒給你講過嗎？」崔澤頓時想起道：「龍叔父你老就是龍天王，又叫做鎮海龍的嗎？」龍天照微笑頷首，崔澤慫恿龍天照道：「龍叔父何不下去替替李叔父？一來讓李叔叔歇歇，李叔父方才一人連戰三人，實在太累了；二來也讓小侄見識見識英雄的本領。」

崔澤央求龍天照出去，許、霍二人也在一旁幫腔，勸他下場，以武力解圍。龍天照笑道：「別起鬨了，出去勝了，也不光彩，人家打了半天了，敗了更丟人，白替我吹了半天。」崔澤道：「龍叔父不要緊，你老一過去，他們準出去接著，露一手，你老就回來。」竭力勸說，想看看龍天照的棒招，更願看兩條軟兵刃交鋒。龍天照有些技癢，便要緩步走了出來；哪知才一舉步，敵方也縱出一人，喊道：「姓崔的小畜生，快出來，和你黃爺爺算帳，暗算傷人，什麼東西。」原來此人是黃振飛，方才被崔澤盡力一刀，震了右腕，此刻剛緩過來，輸得心中不服，故此二次出來挑戰。

崔澤忙喊：「龍叔父，敵人來了，快取傢伙。」龍天照微笑，雙手一扶腰圍子，右手一抖，噗嚕嚕一聲，亮出一條威震關內外，馳名河南北的龍頭桿棒。此棒前面是一條龍頭，口內含著子午問心針，善打金鐘罩，鐵布衫。棒身是龍形，呈著藍汪汪的顏色。棒把是龍尾，龍頭份量稍重，用來纏人。

龍天照用手一抖，左手執龍頭，右手執龍尾，走上前來。

黃振飛見是生人，又拿著奇異兵刃，不覺心中一動，卻也不懼，忙著喝問姓名，雙方剛剛通了姓名，黃振飛不容龍天照展開身手，踏中宮，走洪門，欺上身來，舉劍便刺。龍天照左手執龍頭，右手執龍尾，斜著往外一推，緊跟著一上步，趁勢左手一撒龍頭斜肩帶臂打來。黃振飛不敢用劍去攔，斜著一縱身，竄出五六尺遠。那龍天照早在他身後，一進步，說聲「著！」黃振飛急急一擰腰，一縱身，桿棒貼鞋底掃過去。黃振飛第二次進招，加了十二分小心。龍天照哂然一笑，使桿棒一晃，奔上三路，黃振飛一伏腰，哪知這是假的，龍天照一翻腕子，玉帶圍腰，早已纏住敵人，用手一抖，黃振飛跌了個仰面朝天。

龍天照收招一退，看著敵人笑道：「黃朋友，承讓！承讓！起來再動手。」黃振飛閉口不答，跳起來掄劍，要復前仇。二人又過了幾招，被龍天照只用纏繞兩個字，又跌了黃振飛兩個跟頭。跌得黃振飛直發愣，自知不敵，有心退去，又嫌難堪。

那龍天照哈哈一笑，縱步上前，對李豹道：「李大弟且住手，我會會這位軟鞭方老英雄吧。」

黃振飛快快退下，斜盯了龍天照一眼，自此苦心練劍。那李、方二人戰到酣處，仍是不分勝負。李豹忽見龍天照到來替換接應，不覺暗喜，想道：我實在勝不了這老東西，龍大哥的桿棒許行。使夜戰八方式，手中刀舞起一團刀花，跳出圍外，喊道：「我龍大哥願來會你。」龍天照邁步上前，抱拳叫道：

「方爺請了。」方鴻鈞冷笑道：「車輪戰，你方老爺也不怕，你們只管上！」

兩人正在準備交手，忽見北面又跑來四五個人，頭一個就是方子材，手執一把金背砍山刀，負怒奔來，後面緊跟著三四個壯士。那方子材受了一掌之傷後，虧他躲得好，順掌而倒，沒受大傷。調停好了呼吸，仇恨越深。便急忙約了幾個同道，持兵刃趕來。正巧方鴻鈞與龍天照要對鞭棒，方子材上前來道：「大哥稍息，小弟來會會他們。」不由分說，搶上來，掄刀便砍。龍天照舉棒相迎，兩人一刀一棒，翻翻滾滾鬥了數十回合。那方子材掌傷未曾痊癒，功夫小了尚可，時候一大，躥縱跳躍，扯得胸前發痛，不免手遲腳慢。被龍天照一棒打在近刀柄處，震得虎口發麻，金背刀幾乎撒了手。方鴻鈞乃是久經大敵之人，看出方子材應敵吃力，忙抖鞭向前。說道：「二弟後退。」替下方子材，負怒上前，跟龍天照動手，登時鞭招交加。只見單鞭揮動，銀光閃閃；桿棒舞起，藍光紛紛。二人俱知敵手為當今有名人物，誰也不肯冒險取勝，看來反不如方、李二人打得精彩，各自用純熟招數應敵，那方鴻鈞把一百零八招青龍鞭法加意打出，那龍天照也把自己精研出來的三十六路天罡棒法，挨次使出。藍龍銀蟒互相交錯，不一時已鬥過三十多個回合，不分勝負。

龍天照一面打，一面想道：若不能取勝，反教許、霍等笑話。忙將棒法一變，那方鴻鈞看了，想道：我還怕你不成。也把鞭招一緊。龍天照見狀，正合心意，急忙用「怪蟒翻身」奔方鴻鈞胸前一點。方鴻鈞撤身一閃，龍天照矮身形，翻手腕，龍頭桿棒貼地皮，奔方鴻鈞雙腿掃來。方鴻鈞踴身一躍，龍天照故意手一軟，又一長身，把胸前露出，龍頭搭落在地。方鴻鈞大喜，抖練子鞭，奔龍天照胸前便點。龍天照喊一聲：

「好！」拖地桿棒忽然往上一翻，纏住了銀鞭。方鴻鈞大驚，用力往回一奪。龍天照早知他必有此一招，把手中桿棒復又一抖，噗嚕嚕一聲，龍頭桿棒頓然筆管條直，銀鞭被彈出去，鞭梢落地。

方鴻鈞使空了力，右半身不由一打晃，龍天照道：「請慢走！」龍頭桿棒順勢往前一送，噗的一聲，龍頭正撞在左臂上。

方鴻鈞不禁哎呀一聲，左臂登時抬不起來了，還算龍天照手下留情，並未用子午問心針打他。

方鴻鈞這一落敗，方子材忙竄過來，圓睜二目，提刀上前，回手沖同伴一招，道：「諸位上啊，跟他們拚了。」

方子材那邊有九個人，龍天照這邊共有六人，登時一擁齊上，群毆起來。龍、許、李三人搶先敵住五人，霍氏弟兄敵住三個，崔澤敵住一個。此時論優勢，正是方子材那邊人多勢眾，占了上風。無奈二方弟兄，一傷左臂，一傷胸前，幫手剩下七個人。這七個人只有三個本事不壞，那四個太差，哪裡敵得住這邊六個如狼似虎的英雄。不一會兒，勝負已分，方子材弟兄支持不住，呼嘯一聲，往回敗下去，這一邊許、李、龍諸人殺退方氏兄弟，不肯窮追，一齊止步，互相檢視。獨李豹身上血汙最多，龍天照最為乾淨。眾人匆匆覓水，稍加洗滌血跡，打開包袱，換了血衣，趕緊離開是非之地。

那崔澤初次交鋒，不免使過了力，頓覺渾身疲軟，四腳發顫。只是年輕好強，不肯退出罷了。

那方氏兄弟敗陣而歸，檢視傷痕，不由氣得三屍神暴跳，怒髮如雷。二方闖蕩江湖多年，也是有名人物，從未曾經過如此慘傷，一面打算邀出幾個武林能手，前去尋仇。

歇過了二日，忽想出復仇之策，暗道：也顧不得許多了。

起身入城，佈置了一回，打聽了一番，又往城北去了一趟。次日方家來了三位騎馬客人，二男一女，男的一個約三十多歲，滿面精悍之氣，一個二十六七歲，細腰扎臂；女的長身玉立，鵝蛋臉，約二十一二歲。原來方家弟兄因急於復仇，竟想起水路大盜，神手雁翅鏢周金壽、水蛇林文英、玉玲瓏林萍姑娘。

他三人曾於數月前，邀請方家弟兄入夥，被方家弟兄數言辭謝。現在方家弟兄連遭慘敗，復仇心急，顧不得一切，毅然邀請林、周三人幫忙。林、周慨然允諾，將寨中事務交給大頭目，三人聯袂改裝下山，要助方氏弟兄，向許、李尋仇。

當天商定辦法，第二日晌午，方氏弟兄約林、周三人一同出門，先奔許、李、崔所住的店房，登門求見。這時李、龍、許、崔等人已然離開店房，到二霍鏢局去了。方氏弟兄又找到鏢局，崔、許、李諸人，正與霍氏昆仲、龍天照等人吃完早飯，啖瓜閒談。忽聞有人來訪，急忙出來，一見是方氏弟兄，不免愕然。正是仇人見面，分外眼紅，方氏抱拳道：「諸位同道，日前一會，又有三四日未見，現在我兄弟與舊友數人。打算在城南再來討教討教，不知諸位肯賜教否？」

李豹搶先答道：「方師傅，不必客氣，有話直說好了。請隨便指定，在什麼地方都行，我弟兄無不奉陪。」方子材笑道：「還是李師傅爽快，今日下午，在城南相會好了。就是我弟兄五人相候，不敢去，趁早說，免得我五人白等。」

李豹冷笑道：「龍潭虎穴，我黑牛也從來不懼。好漢子，別在暗中埋伏下人，倚多為勝，可不是英雄。」方子材道：「君子一言為定，只我五人，去者英雄，不去者狗熊。」五人轉身徑去。許、龍、李、崔四人送客去後，立即議論了一回，覺得不好爽約。許夢松卻擔心他們有埋伏，怕中了他們的詭計。李豹道：「怕他們甚，兩個敗軍之將，我們還應付不了嗎？」龍天照道：「李大弟不是這樣說，還是有備無患的好。」李豹這才不說什麼。許夢松囑咐踐約的人各自預備了兵刃暗器。

許夢松拂拭久未動用的金背折鐵刀，龍天照拂拭龍頭桿棒，李豹拂拭自己的折鐵刀，崔澤拂拭自己的刀。到了時辰，四人出發，奔城外走來。約定的地方，是在城南一座樹林裡。

樹林有一塊空地，方氏五人早已相候，九人分東西面面相對。

李豹道：「咱們是單打，還是群上？」方鴻鈞道：「當然單打。」

李豹挽袖子，舉折鐵刀道：「我先來。」擺刀縱身，跳到當中道：「哪位先來？」方子材看見李豹，不由心頭火起，也提單刀抵住李豹道：「我再領教領教足下的刀法。」一刀劈去，李豹橫刀敵住。刀來刀去，刀去刀迎，二人殺在一起。

這一邊方鴻鈞提鞭，向龍天照叫陣道：「龍爺，我在下還想領教領教足下的棒法。」龍天照微笑提棒出場，二人殺在一起。崔澤忍不住也提刀上場，那邊玉玲瓏林萍立即提劍相迎。

許夢松橫刀掠陣，神手雁翅鏢周金壽在旁看了一會兒，對林文英說：「林二弟你看著點，我和那個姓許的鬥鬥。」舉分水鉤連拐，上去就打，許夢松橫刀相迎，這一對也就打在一處。

水蛇林文英在旁看了半晌，四對人殺了四處，正是難分難解，只有神手雁翅鏢周金壽，似不是許夢松的對手，分水鉤連拐擋不住金背折鐵刀，只有招架之功，並無還手之力，漸漸手遲腳慢。林文英一看不好，忙上前掣青銅蛾眉刺相助。當下九人殺在四處，正在拚命相搏，一時難分上下。忽聽林外人聲嘈雜，九人俱自驚疑，唯恐中了敵人之計，來了生力軍；但各自都不肯住手，怕受了傷，只略分神，側耳傾聽。只聽有人大聲喊道：「不要放走了強盜呀。」

林、方、周五人，聽了心驚，攏兵刃，側目急看。見有公差打扮約有三十多人，手持單刀、銅鞭、鐵尺圍上來，只叫休放走黃河大盜。雁翅鏢周金壽、玉玲瓏林萍、水蛇林文英，心知不好，不知何人漏出消息，被官家知曉，前來捉拿。三個人忙打呼哨，通了暗號，施展本領，掄動兵刃，立刻見機而作，突圍而出。方氏弟兄見事不好。也慌忙奪路一走。只丟下龍、崔、李、許四人，愕然四顧。龍、李、許三人經驗豐富，略略一看，忙喊了一聲：「快走。」顧不得分辨良莠，掄兵刃也突圍而出。只有崔澤年輕不知事，以為這有什麼，稍一遲徊，便被官人包圍。他還欲沖官人講理，哪知他厲聲抗辯數語，公差們全不聽那一套，掄單刀鐵尺，撓鉤套鎖，一擁而上，把崔澤當了逃賊。

崔澤大怒，擺刀相迎，舞動刀法，先把近身兩個人，刺倒一個，嚇退一個；又發雁翅鏢，打傷一個官兵。官差們大怒，喊道：「好賊，還敢拒捕。」撓鉤齊下，勢眾人多，崔澤措手不及，早被勾倒，橫拖而去。許、龍、李等人，一來寡不敵眾，二來不敢妄犯國法，與官差相鬥，只得施展飛行術，繞道奔回鏢局，尋求霍氏弟兄，思忖搭救崔澤之策。

原來林氏兄妹和周金壽三人進城，已被官家偵知。林、周三盜月前在水路上，劫了一家富商，富商已經報官，懇求緝盜尋賊，懸下重賞。林、周為助方氏弟兄械鬥而來，他們是積賊，一見官人到場，立即逃走。卻被崔澤這素不懂事的少年碰上了，他不但不走，還想講理，而且他的暗器又跟盜魁周金壽一樣，全是雁翅鏢；這樣一來，倒替他們頂了缸。

許、李、龍三人忙求霍氏弟兄，託人疏通。怎奈霍氏弟兄恰巧應鏢出外，當時不能歸來，急得三人直在店中打轉。三人在本城人生地疏，除霍氏弟兄外，連鏢局中人也不甚熟；雖囑託了人，也不能過於催促；只得每日託人往衙門探問。那官差中因有受傷的兩個人，恨崔澤不過，任憑人來說情，只是不放鬆。又貪富商的重賞，指定崔澤是林、周一黨的水賊，而且以雁翅鏢為憑，把崔澤嚴刑逼訊起來。那崔澤幾曾受過這樣的痛苦，實在受刑不過，只得胡亂地招認了，自承是黃河大盜神手雁翅鏢周金壽的盜徒，當堂劃了押。於是鐵案已定，靜候處決。

許、李、龍聞此消息，不由大驚。尤其是許夢松，自覺受崔娘子重託，帶領崔澤出來闖練，結果卻把人家活跳跳的孩子斷送在開封，將來如何回去見崔娘子之面？李豹想：這都是自己帶著崔澤東跑西跑，惹是生非，如今真就出來事了，心上也很內愧著急。龍天照與崔豪最為莫逆，怎肯坐視好友之子，陷於絕境不救？三人扼腕思忖良久，竟無挽救良法。

三人呆對了半日，李豹忽然跳起來道：「說不得了。」回顧二人道：「咱們劫獄吧。」龍、許二人想了一會兒。許夢松頓足道：「只此一法，並無良策。」對龍天照道：「龍兄意下如何。」

欲知後事，接看《青萍劍》。

青萍劍

第一章　安樂窩劫牢囚縱

龍天照掀髯笑道：「小弟也有此意，只是小弟想，劫獄必須一舉成功。否則崔賢侄登時性命休矣，所以小弟不敢貿然提議。」又道：「凡事未慮勝，先慮敗，若要劫牢，勢必惹出大事來，我們的退一步的辦法，不可不先籌劃一下。」眾人矍然道：「這一節可真得好好算計一下。」龍天照道：「萬一我們走投無路，小弟的紫金嶺，地方雖狹小，幾位若去，尚可下榻納賢。」李豹道：「別說閒話了，哪能慮得那麼遠？咱們趕緊商量立刻下手的辦法吧。」三人又計議了一夜，商定先邀幫手，後劫牢反獄，由龍、許、李三人分頭請人相助，並給崔澤的姨父陶元偉送信。

此時二霍已經回來，眾人不敢住在鏢局，溜到二霍家。央由二霍出名尋房，在安樂窩覓定下處，預備暗暗招待來賓。李豹等五人計議多時，先寫出幾個附近人物的名單，計有江西火道人、玉獅子李景明大概還沒去遠，可以派人追回。五個人暫時潛藏在二霍家，繼續往下寫名單。忽聽店家來說：「門外有人來找李爺。」眾人問是誰，李豹哼了一聲說：「不是仇人又尋上門嗎？」許夢松忙問店家：「來人姓什麼？」店家道：「姓盧。」李豹道：「咦，這是誰呢？莫不是地裡鬼盧宏嗎，若是他可就好了。」站起身來，跑出去看，許夢松不放心，也隨著出去。剛到庭院，李豹已經同著一個人進來，果然是地裡鬼盧宏。

盧宏這人年約中旬，拳術平常，腳力精強，只是生得二日微小，穿一身江湖衣服，來到屋中。李豹給不認識的各位引見了，讓盧宏坐下道：「老盧，你來得正好，我們正想約人，想不起人來，你來替我們想幾個人吧！」盧宏說：「黑牛哥還是這麼半瘋似的，說得我糊里糊塗。到底是怎麼回事？為什麼要邀人？」

許夢松忙把事情說一遍，盧宏道：「哎呀，這事可不好辦，崔賢侄真是年少不懂事！」緊皺雙眉，想了一會兒道：「何不請七雄弟兄？」眾人忙問七雄住在何處？地裡鬼盧宏把七雄的住址說了，李豹讚道：「真不愧地裡鬼。七雄弟兄我找他們多日，連消息也沒打聽著，想不到老盧你都知道。」

地裡鬼盧宏笑道：「黑牛哥，別改我了，我也是新訪出來的。」許夢松道：「要是有七雄七人，加上我們五人，再加上火道人、李景明，一共十四人。我想這十四個，足當三十個人用，也差不多了。只是怎麼去請七雄呢？」又道：「不過我聽說七雄隱居已久，請他們怕有點費事吧？」

眾人計議了一陣，俱想：由他們幾個人去請，七雄決計不肯出山。只有一招，若假借崔豪二番出頭的名義，來約請七雄，河朔七雄必肯再出。把他們七雄約出來，去搭救崔豪之子，他們七個人看在崔豪的面上，也不好意思不管了。李豹道：「我們簡直就說崔賢侄入獄就完了，他們聽說崔賢侄入獄，還不肯出來嗎？」地裡鬼盧宏搖頭道：「不，你這麼一說，他準給你介紹別的能人去，他們本人準不肯出山。你想他們隱居已將十年，豈肯輕易出頭？如果他給你轉請別人，你是應不應？」李豹點頭道：「倒是有理。」龍天照道：「此外也得給崔澤的家裡送個信去，這不應該瞞著。在這裡還要有一個親信探監人，給崔賢侄送飯，天天去看他，傳遞消息，這是很要緊的。不過我們幾個人全不能露面，最好是托個婦女，假裝眷屬，準能省許多氣力。」李豹道：「何不雇一個花姑娘幫忙？」龍天照道：

「使不得，公門中人很有高眼的，看出了破綻了不得，況且她們的嘴不穩，又膽小，這事怎能令她們這種人知道呢？」

李豹道：「這可難了，哪裡去找這麼一個婦人呢！我想這個內應，有沒有的，也沒什麼緊要吧。」龍天照道：「李大弟，要仔細想想，沒人常去探監，暗中考察崔賢侄的刑傷，到時他也許一步走不了，豈不麻煩？況且腿上的鐵鏈，若不先弄折，到臨時再設法，豈不費事了。李大弟還不明白嗎？」李豹點頭道：「大哥想得對，只是這個人太不好找，你我弟兄俱是粗人，滿身的江湖氣，常去探監，沒的反招人注意。我們這裡又沒有和官衙內的人認識，這可怎麼辦呢？」言下皺眉。龍天照不肯打掉他的勇氣。忙安慰他說：「李大弟，先別灰心，我不過是這樣一說罷了，其實我們雖不能露面。也可以托另外的人，去看崔賢侄的傷，等他養得差不多了，我們再動手。」

李豹點頭，許夢松卻凝目深思，想到了陶元偉、陶秋玲父女，真可以邀來，扮作探監的眷屬。默想著，遂咳了一聲道：

「我們先商量請人吧。」

眾人議論了一回，由李豹設計去請七雄弟兄，許夢松籌划去請陶氏父女；龍天照也自出去，四路邀人。這裡便由霍氏弟兄在安樂窩找定一所房子，做他們聚會之所。商定劫崔澤出來之後，乘船順流東下。旬日之後，許夢松果然到達魯東，面見陶元偉，訴說崔澤拒捕下獄之事，同時深表歉意。

陶元偉聞言大駭，陶秋玲聽見未婚夫犯了盜案官司，哭泣著立刻要入豫救婿。陶元偉欲待攔阻，秋玲姑娘竟要拔劍自戕。陶元偉無可奈何，竟偕愛女，隨同許夢松，由陶館火速登程，西行入豫。過了兩天，龍天照也請了李景明來，這時大家都等候著七雄弟兄。過了幾天，河朔七雄也被騙邀到安樂窩來了。

當下，李豹把真相對七雄說明，賀孟雄聽了道：「豹兄弟，原來是這麼回事，當初你只要說崔賢侄入了獄，我兄弟還能不來嗎？」李豹嬉笑著打躬作揖道：「大哥原諒小弟這一次吧，實在怨我。」趙梓材道：「黑牛有你的，蒙我們這一下，咱們騎驢看唱本，走著瞧，小心著趙四將軍的。」賀孟雄想，事已至此，不能袖手，說道：「四弟別亂。咱們先商量商量怎樣動手。」陶元偉道：「賀兄何必著急，歇息兩天再說。」李豹道：「陶大哥，你真把我們幾個，看成嬌小姐了，這兩步道，還用得著歇息，快商量正事吧。」賀孟雄微笑道：「李大弟別著忙，什麼事仔細商量商量好。」

眾人商量了半夜，方才安眠，次日又籌劃了半日，決定大舉劫獄。又候了幾天，邱季剛、楊氏弟兄、韓凌霄等四人，也陸續趕到。李豹子道：「賀大哥，人可來齊了，咱們動手吧。」

江西火道人笑道：「豹兄弟，你也得讓人喘一口氣呀，況且他們四位還不知道怎麼回事呢。」李豹點頭，賀孟雄向邱、楊、韓四人說了緣故，邱、韓、楊四人先是發愣，隨即點頭答應了，並沒有什麼說的，只笑向李豹道：「黑牛，你真行，會誆我們弟兄這一下，真有你的就是了。」李豹笑著道歉，地裡鬼盧宏和龍天照，齊向四人抱拳，道：「這都是小弟我的主意，我應當告罪。」說罷深深一揖，邱季剛忙道：「龍大哥這是怎的，小弟不過是和李兄弟開玩笑罷了，這事大哥請想。我兄弟能退後嗎？何況又是崔大哥令郎的事呢。」火道人道：「算了算了，趕緊商量正事吧。」

賀孟雄這才和四人說出夜裡商量劫獄的法子，第一下先派人看看崔澤的刑傷如何。這已經由陶秋玲和外面的一個老婆子，充作崔澤的母妹，每天假作送飯，暗中傳遞消息。又用銀錢買通禁子，不再讓崔澤受苦，並想法偷送一把鋼銼給崔澤。

只是他們想得雖好，崔澤卻不合刺傷了捕盜的兩個官人。禁子們縱然受賄，無奈刀傷官役，罪狀是大的，犯禁的東西更不能送進。並且他們又顧慮到崔澤是個初出茅廬的少年。恐怕反露出形跡來，因此把開鎖的傢伙也不再送與崔澤，只祕教陶秋玲查看他的傷痕罷了。第二步幾個武功精強的人劫獄，這由龍天照、陶元偉、陶秋玲、許夢松、李豹、江西火道人、賀孟雄、霍玉八人擔任。

李景明、霍真放火，邱季剛、楊漢青、趙梓材在外巡風。

接應兩人，季二、魯桐在城根接應，城外預備船隻、馬匹。他們也預備了放火之物和越獄之具，如繩梯飛抓、開鎖器械和幾床厚棉被。白天他們紛紛出動，踩好了路線，預定怎樣進，怎麼出，何處聚會，何處接頭，事事都要分工合作。各人辦完各人的事，要彼此交換消息。

商量已定，先由陶秋玲透信給崔澤，讓他在朔日夜裡警醒些，崔澤點頭會意。陶秋玲和崔澤原是未婚夫妻，現在被迫無奈，裝作兄妹，兩人含情脈脈，低言悄語。可惜旁有牢卒監視，兩人深情愛意，含蘊未伸，陶秋玲到底把崔澤輕輕抱怨了幾句，崔澤反倒欣然竊喜，當日也就別過了。

及至到了約定這一天，三更時分，星月無光。這十六個人紛紛出動。紅頭子霍真、玉獅子李景明，先去府衙內放火。二人乘黑跳入府牆，到後堂廚房內，先放起一把大火來，緊跟著大喊道：「廚房走水了，失火了。」放的火比尋常走水的火勢要大得多，一霎時火光沖天。府衙內官人，值夜的紛紛驚動，齊奔廚房，尋水救火；一時人聲嘈雜，亂成一片。霍、李二人早抽身跳出牆外，會合巡風的人去了。

這大獄和府衙是建在一處，劫獄的人當由陶秋玲引路，用飛抓百練繩，攀入獄牆，用棉被搭在獄牆上，陶氏父女在暗中守住獄門，看住出路，專管眾人劫牢時，給他們引道，帶他們出險，和尋找繩梯，並與牆外巡風的人呼應。

那龍天照、火道人，搶先開路，其餘各人躡足蛇行，潛蹤踵進。走到獄牆角，龍天照先不前行，側耳傾聽，只聽衙中人聲嘈雜，救火聲，喊人聲和風火聲混成一片。獄中人也有驚醒的。李豹見龍天照站立暗處，偷聽良久不動，便用手推龍天照，意思讓他趕緊走。龍天照抓住李豹的手搖了搖，意思讓他等一等。李豹納悶，忽然有巡鑼聲響，龍天照忙向火道人耳旁低聲道：「道爺，點住他。」

火道人會意，低應了一聲，眾人伏在牆邊不動。那兩個更夫，一個手提花槍，槍上挑著燈籠，一個肋挾單刀，慌慌張張走過來。一個說：「真是走水了，咱們得過去查看查看。」一個說：「是府衙火起，沒有咱的事，不用咱們管。」說話時已離眾人不遠了，龍天照一推火道人，二人一齊縱身，如電光石火，撲到更夫身後。火道人右手一點啞穴，左手便接更鑼，龍天照右手點軟麻穴，左手接槍挑的燈籠。然後龍天照提匕首，架在更夫脖子上，低聲喝道：「不許動，地字二十四號在哪裡？」更夫一看，好幾個人全都面蒙黑布，鋼刀在手，早已嚇壞，戰兢兢地說，前面跨院第四門就是。李豹早過來，把二人捆上，口中塞上東西，搶奔二十四號。剛到牢獄大門前，陶秋玲忙從暗中跳出來，引領眾人敲開牢門，用手輕叩獄窗。

崔澤早已驚起，低聲問：「是誰？」陶秋玲忙道：「崔哥是我！」陶元偉也趕來叫道：「低聲，崔老侄嗎？」崔澤道：「是小侄。」正要動手，旁邊房內突有人喊道：「誰說話，不好，哥兒們有人炸獄！」

一霎時搶出來好幾個人，龍天照、火道人、賀孟雄，三人並肩站立，擋住出入口。那李豹、霍玉早已使折鐵刀，砍開獄門，斬斷鐐鎖，陶氏父女立即奪門而人，把崔澤尋著。李豹忙用帶來的器械，給打去刑具，順便送給崔澤一把單刀，低問道：「走得動嗎？」崔澤遲疑道：「許行。」李豹立刻喊道：「得手了，闖啊。」

這時，龍天照、賀孟雄、火道人，一聞此言，各揮兵刃，喊一聲：「走啊。」陶秋玲父女把崔澤夾在中間，李、霍在後，各掄兵刃，闖了出來，許夢松揮刀開路，尤其勇猛。當時守獄吏卒，連聲急呼：「有人炸獄了！」一面各掄鋼刀，鐵尺前來抵擋，各處公差聞聲趕來增援。但因地處門前，守獄官人和炸獄的混殺一處，一時竟不得上前，雖有弓弩，又不敢放，恐傷自己人。當時劫獄群雄見來人眾多，恐有閃失，往外急闖。這幾個人，宛如拚命猛虎一般，那些公差在黑夜中怎擋得住？早被李景明、許夢松、賀孟雄、邱季剛，合力殺開一條道，直奔牆邊。公差們挑燈火看得分明，方才救獄混戰時，自己人和賊人攪在一起，良莠難分，此時賊人在前，官人在後，正合心意，連喝放箭。紛亂中弓箭手零零落落放出七八只箭來，哪知獄牆上，還伏著兩個人，只聽一聲低沉聲音喝道：「慢來，看彈。」

叭叭叭，連珠彈如雨飛來，噗噗噗先打滅了若干燈火，頓時眼前一片漆黑。賀孟雄搶上牆頭，居高臨下，展開連珠彈法，擋住救兵，公差們措手不及，頓時大亂。連珠彈依然如雨飛來，當時有十數人受傷，人們四散避彈。陶秋玲扶著崔澤，由李豹相幫，趁此上了牆頭，跳出牆外。

牆外早有人接應，李豹喊道：「走吧，諸位。」眾人早不待吩咐，藉著賀孟雄、韓凌霄兩把彈弓的掩護，紛紛援繩棍上了牆頭。楊金簡、楊金策弟兄，揮兵刃當先衝鋒開路，會合眾人，直奔城牆根跑去。

這時府衙已經調來官兵，城門要路口，也有兵趕到。幸得劫獄群雄手腳快，仗著天黑地理熟。眾人又武功精強，一面拒捕斷後，一面奪路衝鋒，官兵來不及抵擋。崔澤由陶秋玲和幾個武功稍弱的人保護著，早甩開了敵兵，直跑到約定城根。

那裡魯桐、季二早等得不耐煩了，見遠遠有人奔來，心中大喜，低哨一聲。來人果有回聲，急忙派人上了城頭，將預備好的繩梯、繩兜，準備停當，魯桐見來人缺少賀孟雄、邱季剛、火道人、陶元偉、霍玉五人，忙問：「李叔父，他們老五位哪去了？」李豹一面催他們爬城，一面說：「他們五位大概後面誘敵呢。你們快同著崔賢侄先出城上船，我在這裡等他們來。」不由分說，只留下趙梓材跟自己做伴，一迭聲催餘人快走。魯桐、崔澤還有些猶疑不放心，想多留下一兩個人，幫助李豹。李豹發急道：「你管我做什麼？有你趙四叔幫我足夠了，還不快走？」龍天照也忙道：「老侄，打接應用不了多少人，我們趕快上船去等吧。」言下。同眾人擁著崔澤催著陶秋玲，徑抵河邊上船，把崔澤安置船內，讓他先歇息。許夢松幾個人，卻自河岸至城廂的道路上，分別埋伏下，為的是在這黑暗中，好領後面的人順岸上船，那李豹、趙梓材，魯桐三人在城牆上遙望府衙監牢火光黑煙陣陣騰空，夜靜聲清、雖隔得遠。一陣陣不斷聽得人聲嘩亂，又復往府衙四周一望，只見城牆與府衙間大街小巷中有許多燈火，蜿蜒如龍。看路徑只奔城牆，卻不一直走，東繞西奔，直兜圈子。李、趙二人心中明白，知是賀、陶等人尚在誘敵狂奔，便回頭對趙梓材道：「趙老四，在上頭活動著點，我去通知他們哥幾個一聲去。」趙梓材道：「在這裡通知不行嗎？」李豹道：「恐怕聽不見，反倒引官人追來更糟，我先下去，他們來到時你再招呼一聲。」趙梓材忙忙答應。

李豹在城牆上看好了位置，順繩梯下了城牆，施展夜行術，直迎著燈火跑去。估摸著離燈光還有多半里的樣子，伸手自兜中掏出銅笳。含在口中一吹，吱吱的一聲呼哨，尖銳淒清，連續三聲，兩短一長。這是他們的暗號，表示業已得手。

賀孟雄、陶元偉、霍玉、邱季剛、火道人五人，正跑得不耐煩，一聞此聲，知道獄中人已經安然脫險。頭一個陶元偉，應聲伸手也掏出一隻銅笳，連吹三聲。然後五人奔李豹的聲音而去。李豹在前，笳聲對起，賀、陶五人突入黑影中，也不出聲，只順著笳聲奔尋過去。

那後面追趕的官兵，拿火把燈籠，吶喊追來，毫不放鬆。

此奔彼逐，眼看跑到城根。前邊城牆頭上，忽然站起一人，手掐嘴唇，吱吱的一聲長嘯，這人正是趙梓材。李豹大喜，回顧賀、陶等五人，已經來到，趙梓材不暇細說，只對李豹道：「這裡有兩個繩梯，你們快上。」略一指點，李豹與火道人一騰身，縱起一丈多高，雙手一抓繩梯，霍玉跟蹤上，賀、陶緊隨在後。及至所有的人全都爬上城去，官兵剛剛追到城下。李豹狂笑一聲，同趙梓材收了繩梯，取一塊城磚，往下扔去。喝道：「去你們的吧，爺們失陪了。」

劫獄的人盡數下了城，走出不遠。只見前面黑地裡，人影一閃。李豹喝道：「什麼人？」黑影一躍而出，道：「李叔父嗎？我爹爹他們回來了嗎？」原來是陶秋玲姑娘，不放心他爹爹，故此返回來迎接。雙方相會。陶秋玲姑娘一面打頭跑，一面招呼各處自己的人。眾人大喜，隨陶秋玲，會著許夢松等，一直跑到河岸，崔澤在船上已急得坐臥不寧。

大家上了船，急急查點人數，幸無傷損。李豹急命開船，一霎時，打槳的打槳，扯篷的扯篷，逆流而上，逃出虎口。

眾人在船上，不敢點火，各就星月之光，檢視自己身上的血跡。凡濺有血點的衣服，全脫下來，捆在一起，繫了重物，沉人河底。受傷的上藥，焦渴的喝水，餓的吃東西，一個個如釋重負。眾人這一夜奔波勞累，擔驚受險，應該很乏，其實不然。人人精神煥發，各自爭說劫獄混戰的情形。過了一會兒，陶元偉這才命崔澤給眾人道謝，崔澤連連下拜。陶元偉剛要開口，許夢松在旁先道：「許某不才，受人之託，不能忠人之事。帶領崔賢侄出外尋父，不想小弟不能把崔賢侄的父親崔豪的蹤跡，早日尋得，反將崔賢侄幾乎送了命。若不是諸位冒性命危險，仗義相助，把崔賢侄救出牢獄，許某如何回見崔大嫂之面？此恩此德，許某絕不敢忘，我這裡謝謝諸位。」說罷長揖道謝，面有愧色。陶元偉連忙勸慰許夢松，又向眾人道勞，陶秋玲站在父親旁邊也隨著崔澤行禮道謝。李豹、火道人、龍天照、二霍，離著陶、崔最近，頭一個李豹跳起來擋道：「你們怎的這般客氣，陶大哥這樣一謝，太見外了。」龍天照也對崔澤道：「老侄不要磕頭了。」河朔七雄諸人也慌忙站起，連說：「陶大哥，不要客氣，救崔澤賢侄莫說是陶兄出名來請，就沖崔豪大哥的面子，我們弟兄七人也應出來相救。」

眾人又亂了一陣，李豹道：「眾人快請坐吧，看弄翻了船。」火道人道：「黑牛，你不說喪氣話行不行？誰不知道水裡淹不死你？」李豹道：「牛鼻子老道，何必嘮叨討厭。」

當下船行了一夜，鬧出了是非場。次日天明，二霍下船，辭別眾人，改裝變容，自回鏢局去了。餘人乘船繼續兼程前行，又走了一日。火道人、賀孟雄、邱季剛三人，先行改裝上岸，打聽洛陽情形。果然洛陽府大盜劫牢反獄的消息，已沸沸騰騰傳了開去，賀孟雄等急忙用心打聽，其說紛紜不一，竟傳出來幾種說法。有的說，府中人誤捉武林俠士，彼俠士的好友，糾眾劫獄；並插刀留柬，截去府尊頂髮一綹。府尊醒來大驚大喊，就在這時候，俠士乘機越獄。有的說，實是黃河大盜雁翅鏢周金壽，率眾劫牢反獄，劫庫救友。傳說分歧，風聲很緊，現在正到處緝拿逃犯。

賀孟雄、火道人、邱季剛三人探罷謠傳，慌忙回船，告知眾人。陶元偉皺眉不語，賀孟雄、龍天照，都是久闖江湖的人，察言觀色，猜知陶元偉的心事。龍天照道：「陶兄可是為了此事，怕崔大嫂和家中不安嗎？」陶元偉點頭道：「小弟家中，或者尚不妨事，只恐崔賢侄家中不免受到囉唆。」賀孟雄道：「我看陶兄不妨將陶夫人、崔夫人一同移到別處，暫躲風聲才好。陶兄如不嫌棄，小弟柳林屯地方，尚較寬綽，而且隱僻……」

龍天照道：「若不嫌路遠，小弟所住紫金嶺，更為安全，地處荒遠，雖天子又奈我何？」陶元偉略一沉吟道：「小弟前次聞耗時，已囑家眷移居暫避，只是怕家中人不放心，東問西問，倒許惹出麻煩來。」李景明道：「這個不妨，小弟可以前往尊府送信，教他們啞祕一些，只是大哥須寫一封親筆書信才好。」陶元偉道：「那是自然，只是有勞老弟了。」季二也站起來道：「小人也跟李爺一同去。」陶元偉更喜，忙稱謝道：「真是求之不得。」季二回禮道：「這有什麼，不過回家順路送一趟信罷了，陶大爺也值得道謝。」

陶元偉立即尋了紙筆，修書一封，托李、季二人帶去。龍天照道：「二位一路小心，你們的夜行術，沒人時才能施展，此刻剛鬧完事，路上可緊得很，沒的惹出枝節來。」李、季二人同聲道：「曉得了，諸位不必擔心。」二人上岸作別，逕自去了。

黑斑牛李豹道：「陶大哥這回可放心了，還有別的說辭嗎？」陶元偉笑道：「李兄弟，說辭有的是。」李豹道：「什麼？」陶元偉環顧諸人道：「小弟以為咱們這樣走，已太刺目，一群十好幾個人，又無貨物，太平時還可，此時才惹出事來，聚眾遄行，未免不妥。我想咱們還是分雇兩只小船，假帶貨物，這樣顯得好些。倘若真露了相，也可以彼此互相照顧。一俟澤侄刑傷痊癒，我們立即棄舟登岸，諸位以為如何？」

眾人點頭稱好，陶元偉道：「還有劫牢如同造反，我們亂逃一陣，最後我們究竟奔往何處落腳呢……」賀孟雄接口道：「諸位可以到敝處柳林屯去好了，離著還遠些，似乎不致出錯。」說得很懇切，龍、陶、李、許四人沉吟良久。賀孟雄等料想眾人怕他七人久已隱居，不願打攪；忙一力邀請，眾人方才允諾。

李豹笑道：「你們都是清高的人，我們一群俗人，又背著重罪，去了，不嫌惹厭嗎？」趙梓材道：「就只討厭你，有本領你別去，自己單走。」又自言自語道：「挺大的挺好的一個人，卻學會了說鬼話，把趙四爺寃了個可不輕。」李豹大笑道：「趙老四還沒忘。」趙梓材道：「忘不了，早晚有你的樂子。」眾人聽了不覺微笑。

船又潛行一日夜，眾人再度上岸打聽。據說洛陽城內大牢只逸走要犯一名，當場擊斃逃犯一名，現已行文各地，通緝逸犯，文上載明該犯人姓名、形貌、年歲、籍貫，懸出重賞，到處查拿。犯人的名字，正是崔澤，擊斃的犯人，卻不知是誰。

幸而眾人早知有此一舉，事先預防追兵，繞道逃走，十分迅速，不然險些逃不出洛陽府境。眾英雄素知官廳辦事過緩，卻也不敢怠慢，扯篷划舟急行，日夜緊趕，一氣逃出四五百里，方略略放心。一路上也無暇請醫給崔澤治傷，恐怕由醫傷露出了消息。只是讓崔澤安臥在艙中，由自己人按武林祕方，每日給他敷藥，療治刑傷。崔澤在獄中，經許、霍等人竭力用銀子，買通獄內牢卒，讓牢卒們好好看待他，果然錢能通神，監規雖嚴，卻將傷痕養得差不多了。經此劫獄一番波折，安然出險，又有未婚妻陶秋玲遠來赴救；此刻兩人相依相傍，當著人不敢對語，卻也眉目傳情，悄悄握手示愛。因此崔澤縱然創口又復出血，反倒心安神定，快樂非凡，那重裂的傷口自然好得快。又有良藥調治，眾人驗看崔澤傷痕，已無大礙，都很高興。因現在風聲更緊，雖知官廳追捕文書，沒有他們跑得快，卻也不敢人意，陸路較水路活動得多，立即棄舟登岸，跨馬沿河北奔，直向山西省離石縣柳林屯馳去。

這時候洛陽官府，經多方鉤稽，並據崔澤的口供，知曉崔澤的家鄉是在定陶。又在追捕黃河大盜時，看出有本地武師方氏弟兄，曾經在場，官人們很疑惑逃犯或與方氏弟兄曾有來往。六扇門裡的人物，心思何等靈快，立時尋到方家，把消息透給方氏弟兄，卻不是辦案，意思想擠出油水吃，不想方氏昆仲早已聽說崔澤李代桃僵，身陷牢獄，他們弟兄十分欣幸，以為崔澤做了替死鬼，實在解恨。既有官府替他們出氣，心想這一下子，足夠許夢松、李豹擺佈的了，便在家中深匿不出，只託人打聽崔澤過堂的口供，打聽得崔澤的口供，與他弟兄並無妨礙，官府只追問崔澤如何與黃河大盜結夥搶劫，並未另外拉扯別的。方氏弟兄得此消息，又驚又喜，驚的是好友黃河三盜竟被官府盯上，喜的是私仇得報。弟兄二人一面扃戶不出，一面仍託人刺探案情。

這一日忽聽閒人傳言，府城突有大盜劫獄，逃走要犯一名，擊斃犯人一名。方氏昆仲正自疑惑，怕是崔澤越獄逃走，趕緊託人再去打聽底細，剛剛訪出陶氏父女和崔澤的關係來。

正在此時，陡見家人來報，說有洛陽姓張的，來找方大爺方二爺，方氏弟兄又不由心疑，素日並不與當地人士交遊，又值昨日剛剛出事，今日就有生客來訪，二人不覺心虛，方鴻鈞便問家人劉祿：「來客是前街張五爺嗎？」劉祿答道：「不是，這位張爺，從來沒有來過。」二方相對發愣，方鴻鈞又問：「這人什麼模樣？」劉祿回答說：「來客一個中年，一個二十多歲，看外表很像官面。」方子材皺眉道：「官面？……老劉你就說，我們弟兄全出門去了，全不在家。」

劉祿答應了一聲，轉身出去，不一時走回來，向方氏弟兄稟報導：「大爺二爺，那位姓張的客人自說他是府衙裡來的差官，專程來求見二位爺的。據說有要事面商，那口氣好像見也得見，不見也得見，若不是小的攔阻，他就硬闖進來了。」

方鴻鈞不由發怒，站起來，復又坐下，沉吟良久道：「二弟！」方子材應了一聲，方鴻鈞又不言語了。過了一會兒，方鴻鈞回頭對劉祿道：「你先把客人讓到外客廳，就說等一會兒，我這就出來；若問二爺，就說不在家。」劉祿答應著出去了，方鴻鈞對方子材道：「二弟，我看這事與咱哥們怕有麻煩；你先把傢伙，備好了。真要不對勁，咱們不能吃詿誤官司，說不得，抄傢伙走他娘的。闖出去，再跟許夢松、李豹兩個東西去算這筆帳。」方子材道：「莫非連家業全不要了？」方鴻鈞：「他們官面上真要拿咱哥倆頂缸，事到臨頭，家業只可以隨後再說了。」方子材點頭會意，暗暗地招呼門徒，把應用傢伙預備在手下，又私往外面偷看了看。來客只有兩個人，門口四外，似乎並沒有埋伏下扎眼可疑的人。至此心上稍稍放寬，便溜到外客廳鄰室內，偷聽兄長方鴻鈞和這兩個客人談話。

第二章　七雄覆巢

那方鴻鈞進了客廳，見這兩個生客大模大樣坐在椅子上，態度很傲慢，一個是年約三十多歲的長身量瘦子，一個是黑胖的精壯漢子，歲數也和瘦子差不多。這兩人一見主人進來，慢慢地站起身，向方鴻鈞微一抱拳，口說道：「喝，方爺嗎！」

方鴻鈞也是老江湖了，什麼人都見過，什麼事都經過，只一打量這兩人的神氣，穿著，立刻斷定這是公門中的兩個腿子。忙沖二官差滿面含笑，抱拳發話道：「原來是二位差官老爺，二位可是找方鴻鈞嗎？」二差役應了一聲道：「對了！」方鴻鈞忙回顧聽差劉祿道：「老劉，泡茶來！」又命端上果碟。隨手即招呼著，分賓主落座，客客氣氣，請問來客的姓名。那個瘦長漢子，且不就座，眼盯著方鴻鈞說道：「在下叫張進明，這位叫錢貴保，我們哥倆就在府衙當差。可是我跟閣下是初會，你閣下就是方鴻鈞方大爺嗎？」方鴻鈞抱拳道：「不敢當，就是在下。」又道：「二位請坐下談話。」

賓主落座，方鴻鈞沉住了氣，寒暄讓茶，口中唯唯諾諾，只說閒話，不問來意，竟等張、錢二人開言。那矮胖子錢貴保，把方鴻鈞上下打量了一回，接口說道：「你閣下就是方鴻鈞老先生？在下久聞方先生武技驚人，一條銀鞭，威震山東河南。我們哥倆久想來拜訪你老人家，一來是素不相識，二來我們哥倆不像你老這麼自在，是個官身子，老不得空來。這次恰好得著這個機會，可以藉著公事，跟你老私談談，可說是一舉兩得。」說著嘻嘻哈哈，假笑了一陣。

方鴻鈞有幾分瞧明，淡淡地說：「在下不過會幾手粗拳笨腳而已，也值得教二位光臨敝舍，我在下實不敢當。不過二位既然賞臉來看我弟兄，想必是聽貴衙中胡三爺說的嗎？」錢貴保搖了搖頭，彎著身子，探頭低聲說道：「方大爺，咱們明白人不說糊塗話，實告訴你老講，黃河大盜崔澤被捕以後，已經越獄逃走，你老想必早知道了吧？」方鴻鈞點頭說：「這件事已經傳遍了全城，是人都曉得了，在下怎會不知道？」錢貴保接著又說：「不過逃犯崔澤的口供裡，曾經提到你老兄弟二人。當時上頭的意思，便要票傳你們哥倆問話，是我們哥幾個一再對長官說，強盜攀誣，不足為憑。再三地解說，才把事情壓下了。當時我們的同事，有的人就要到府上來送人情，套親近，我們哥倆卻想，方爺也是朋友，又是武林一脈，就有點風吹草動，我們當然盡力而為，何必送口頭人情呢。所以我既沒放他們請方爺屈尊到衙門敘話，也沒有教他們登門打攪。」

方鴻鈞聽了，微微一笑道：「這是二位上差的好意。我在下安居家中，素日跟外面頗少交遊，況且據聞大盜崔某，乃是新從外面竄來的，到此並無幾日，怎會與我認識。就算他真要攀拉我，也怕拉不到一塊兒。二位莫非聽錯了，傳訛了？」錢貴保笑道：「衙門裡的公事哪有聽錯之理？現在因為大盜崔澤已然越獄。上面又問下來，一定要請方爺去問一聲。我弟兄想這有什麼大不了的事，方爺心裡沒病，還怕見官嗎？您自己斟酌一下，是去呢，還是不去呢！」

方鴻鈞把兩官差看了半晌，正色說道：「恕我不能去，假如二位有公事的話，要傳方某到案，方某就不能推卻了。」

一句話說僵了，錢貴保冷笑道：「方爺要看公事嗎？方爺當是我們自己個私來的吧，請看，這就是公事。」一抖衣袖，鐵鏈子嘩啦一響。方鴻鈞面色一變，站起來了。那張進明趕緊一伸手，攔住了夥伴道：「錢老弟，怎的這麼魯莽？方爺是好朋友，咱們有話好說，別來這個。」回頭對方鴻鈞道：「方爺你老也是外場人，總能明白這次逃獄的案子，關係重大，上頭吃不住，我們哥幾個更倒楣。這幾天上頭對我們哥幾個，簡直是緊上加緊，限期捕人，一點也不客氣。逃犯口供中，既是提到方爺，你想上頭能不問嗎？不過我們哥倆卻另有看法。方爺既是江湖上的前輩，對於這個崔澤，就是不認識，一定多少能知道一點他的來歷。所以我弟兄登門求教，也不盼別的，只盼方爺好歹把逃犯的出身來歷和逃後的蹤跡，多少告訴我們一點，不要讓我們哥倆白來，我們就感激不盡了。」

二公差的意思是很明白了，方鴻鈞笑道：「二位的意思，我全明白了。不過我近來實在閉門家居，久乏交遊，這些事一點也不知道。這可怎麼好？」旋又笑道：「話又說回來，我若真知道崔澤的底細，豈不成了越獄大盜的同謀共犯了？」二捕役也笑道：「方爺真是老江湖，方爺千萬不要過慮，只請你指示一條明路，我們能夠順著您的指示，把要犯辦著了，我們弟兄就很感謝。我們跟你起一句誓，您只要說了，我們絕不會把您拉出來；我們要是壞了良心，就算豬狗不如，不得好死。」說罷，眼望著方鴻鈞，滿面露出開誠布公的樣子。

方鴻鈞低頭沉吟了一會兒，抬頭又把二公差默察了一回，潛打主意，徐徐說道：「二位這麼誠實，我心上是很有數的。不過，往實在講，我弟兄在江湖上混了好多年，認識的全是成了名的英雄，像崔澤這樣的晚生下輩，我眼裡真是沒有見過他。這姓崔的朋友年紀既輕，又是外來客，情實我是說不出他的根底。只有一節，我風聞道姓崔的卻有個姓許的夥伴，另外還有個姓李的、姓陶的都是崔澤的長輩。據我們二舍弟說，這三人倒都是個老江湖，他們的為人，舍弟也略略知道一些。二位訪拿崔澤，若覺得沒法下手，倒不妨繞個彎子，從陶、李、許三人訪起。若是這麼辦的話，我倒可以轉問二舍弟，教他替二位設法摸一摸陶、李、許三人的出處，只不知二位尊意如何？」

張進明、錢貴保兩個人對視半晌說：「這也是個法子。但不知令弟方二爺在家不在家，可以請出來面談不？」

方鴻鈞笑道：「舍弟確是沒在家，他是閒著沒事，找街坊下棋去了，我可以叫小僕找他一找。」遂請二公差在客廳坐著，他自己起身，回到內宅去了。二公差就在客廳，抵面密談。張進明說：「這個姓方的是老江湖，不大好敲。」錢貴保道：「老江湖更怕入公門，打誅誤官司。等他出來，我們把他說的那個姓陶姓李的下落，問出來之後，還是由我做惡臉，逼他跟咱們到衙門走走。他心裡有病，必然不肯去，你那時再圓盤子，索性點明了，向他硬擠油水。料想他身家很重，這筆錢不能不花。」張進明道：「人人說你是錢鬼子，你真狠就結了。」兩人全笑了。

不料他二人在這裡私談，早被鄰室潛聽的人，全聽去了。

等到方鴻鈞進了內宅，那方子材離開隔壁，立刻暗喚一個門徒，留在鄰室偷聽。方子材本人趕緊進內，和方鴻鈞盤算應付的方法：弟兄二人略略斟酌一下，便已打定主意。約莫過了一頓飯時，方鴻鈞、方子材痰嗽一聲，雙雙出來。

方鴻鈞空著手，方子材手中拿著兩個小布包，進了客廳。經一度引見寒暄之後，還是方鴻鈞首先開談，面對二公差，眼望方子材說：「二弟，這兩位上差很夠朋友。據他二位講，那越獄要犯姓崔的，說是口供裡把咱哥倆拉上了，咱弟兄自然不怕這個。卻多虧他二位關照著，把大事化小，小事化無，咱弟兄總算沒被沾連上。自古賊咬一口，入骨三分，雖然姓崔的不認識你我，可是我們到底省得到府衙答話，這總是他二位給朋友幫忙的地方，自今以後，衙門以內，還仗二位隨時關照美言。我們弟兄這裡有一點小意思，請二位上差收下，喝杯茶吧。」

方鴻鈞這樣說，方子材就把布包分送給二差，二差滿口不肯受，卻早伸手接過，捏了一捏，竟是票子，不知有多少。方鴻鈞心知二人惦記著賄賂的數目，忙說道：「這兩包全是五百串，二位休嫌輕微。」張、錢二差臉上這才堆下笑容來，錢貴保似乎還嫌少，拿在手裡，掂了又掂，張進明忙道：「這二位方爺看得起我們，我們若不收，便是嫌少，便是對不住朋友。我也不客氣了，我可以拿這錢，給二位鋪墊鋪墊。至於我們弟兄呢，以後還要多麻煩二位哩。」接著又道：「剛才方大爺說，二位曉得崔澤的黨羽，姓許姓陶姓李三人的出處，就請二爺指示給我們吧！」方子材道：「崔澤這個人，究竟是哪一路的人物，到底逃向何方，我可全不知道，但是我可以指給二位一條路。」

張進明、錢貴保二人聽了大喜，連忙向方子材叩問：「這姓許姓陶姓李的，都叫什麼名字？是幹什麼的？多大年紀？什麼長相？什麼口音？跟逃犯崔澤是什麼交情？」

方子材眼望著方鴻鈞，面對著二公差，慢慢地說道，「這幾個人的底細我也不大清楚。我只知道姓陶的名叫陶元偉，大概是從魯西來的，年約四五十歲，多一半是崔澤的師傅長輩，這陶元偉還有一個女兒，這一回劫獄送信，聽說全都是這姓陶的女子，假裝犯人的親眷，專給往來傳信。」

張、錢二公差立刻點頭道：「不錯，犯人崔澤在押時，確是有一個十七八歲的姑娘給他送飯，這女人自稱也姓崔，是崔澤的妹妹，不過看他們相貌口音，全不相似；兩人見面的意思，也不像胞兄胞姐，現在照方二爺這麼一說，這個女子一定是陶元偉的女兒了。」又說道：「對，對，一準是這麼一回事。我說方二爺請你費心，把這姓陶的年貌住處，一塊兒寫下來吧。」

方子材笑了笑：「我只能口說，那可不能筆寫……」張、錢二公差道：「方二爺又顧忌什麼呢？」方子材笑道：「倒不是顧忌，二位原來不知道我，我只會耍刀槍把子，不會拿筆桿啊。」遂取過紙筆，自己口誦，請二公差自行寫下來。寫完了，謝了謝，二公差又問：「那個姓李的呢？」

方子材說道：「若問這姓李的，卻在江湖上鼎鼎有名。他姓李名豹，外號叫黑斑牛，在洛陽武林道，非常活躍。第三個姓許的，姓名叫許夢松，大概是個鏢客，卻與綠林暗勾著。二位公差要想撈摸逃犯崔澤的下落，第一步應該先就近著手訪拿這個李豹，第二步再訪拿那陶元偉父女和那個許夢松。只要把陶、李、許三人掏著，那個逃犯崔澤的底細，便不難根究了。」

又道：「據我推測，劫牢反獄的主謀，就是陶、李、許三人，再不然，也是陶、李、許三人轉邀的。那個崔澤年紀輕，是被人架弄著的，其實一點本領也沒有。」說著，便把李豹、許夢松的年貌口音形容一遍。陶氏父女的音容，他便說不上來了。

張進明、錢貴保，把陶、李、許三人的住處詳細記下。不過那陶、李、許的相貌，口說到底不如面認。二公差一面收起年貌單子，一面再三稱謝，最後仍要邀請方氏弟兄出頭幫忙。

方氏昆仲自然有一番推卻，張、錢二公差再三勸駕，臨到末後，方鴻鈞這才吐了口話，依然說是不便明幫，只能暗助。

又替二公差出了許多主意，又答應派遣門徒，相幫捕快，指認許、陶、李三人的面貌。

張、錢二役這才揣著賄賂歡天喜地地去了。

方鴻鈞和方子材卻氣得了不得，他弟兄全是江湖上的硬漢，從來沒有受人的勒索，更不曾受過要挾，現在卻教二公差拿捏了一下，因此二方非常痛恨張、錢二公差。

依著方子材的意見，便要爾以詐來，我以詐往，安心想要弄這兩個六扇門，方鴻鈞卻不以為然，他說：「我弟兄可以暗中做事，可以不跟官面聯手；但我們既答應他，派弟子給他們做眼線，這一節我們絕不能失信。」遂將得意弟子，擇那為人最精幹，最靈活的，挑出來兩個，暗暗授予祕計。命二弟子化裝改服，裝作腿子，幫助公差，明面上相幫前去辦案。方鴻鈞和方子材這弟兄二人，另在暗地裡，乘夜前往黑斑牛李豹和許夢松的住處，暗中窺探。

這工夫黑斑牛李豹和許夢松，早跟著河朔七雄一撥人，逃往山西去了。便是陶元偉父女，也知道劫牢反獄，如同造反。

既犯重罪，斷不敢在舊寓所潛藏。陶元偉父女竟急急地回轉館陶縣家中，連自己的家眷，帶崔澤的母親，一同遷居到知己朋友家中躲避風聲去了。

那張進明、錢貴保二捕快，和方門兩弟子，祕密到黑斑牛李豹的原住的地方，連蹚了好幾天，當然一無所見，黑斑牛早不在那裡了。張、錢二捕快潛問四鄰，才知道李豹素常總不在家，現在已經有半個多月沒回來了。捕快這才鼓勇進房，把李豹的下處，搜檢了一回，當然在這裡只有幾件兵刃和一些粗笨行李，此外是一無所得。二公差無計可施，再找方氏弟兄，已經打點行囊，二次出門，尋找陶、李復仇去了。

約莫過了一兩個月的樣子，河朔七雄和他們的朋友，一個跟一個，齊聚在柳林屯，深居簡出，暫避風聲。大眾在賀孟雄家裡，只是關上門閒談，看書，練武。河朔七雄卻不時派人，到陶元偉和崔澤的家去，打聽消息。這時崔澤和陶元偉的家眷，已自魯西移居直隸省僻邑，走的日期，離他們劫獄的時候很早，也很祕密，所以並沒有透出風聲。只是外面的情形太緊，陶氏父女和崔澤，全都不敢回家，崔澤藏在柳林屯，屢次要辭別河朔七雄，出去尋父，又要回去探母，也被諸人攔住了。

這一天，魯桐和趙梓材進縣城回來，臨進村時，忽覺村中有兩個面生的人，在村口徘徊。趙梓材和魯桐心中有病，見是生人，不由細加注視。見那兩個人的裝束，和村中人不差什麼，神氣卻絕不相同；並且望見趙、魯二人，立即避到旁處。

趙梓材比較心細，容得二生客去遠，隨口問了問鄰人：「這兩個人是誰？」鄰人答道：「聽說是前街德發城裡的親戚。」魯趙二人一聽，也就罷了，回去並沒有向眾人提起。

又過了兩三天，七雄弟兄每次出門，不斷碰上一兩個異樣的人物，似乎在他們宅子左右盤桓。賀孟雄和邱季剛頓覺情形尷尬，七人湊在一處，暗中討論這幾天的情勢，每個人都感覺不妥。賀孟雄忽然道：「咱們也是迷住了。偶爾來了一兩個生人，我們就瞎猜疑，簡直柳林屯就不能再來外人嗎？如果來客是衝著咱們這夥子人來的，那麼他們一定要在四鄰左近，偷偷打聽我們的情形，只要問問左近的鄰居，豈不就明白了？」

眾人說是，邱季剛道：「大哥稍待，小弟先去問問看。」站起來要走，卻又止步，向賀孟雄說道：「我看大哥，莫若再找紀書辦來談一談，也許從他那裡得點消息。」說罷，見眾人並無異議，便叫來僕人老張，去請紀書辦，邱季剛自己卻到屯裡的小鋪，假作閒遛；暗暗去探問。這個小鋪賣雜貨零食，另外也賣一些白酒。小鋪王掌櫃，見是熟主顧、好主顧到了，忙搬過一個凳子來，又端過一碗茶來，說道：「四爺老沒到我們這裡來了。」邱季剛道：「家裡事忙，不得工夫出來。」閒閒地坐下來，裝得無意，問那掌櫃的，買賣如何？因說到現在生活比以前又艱難了，人們都沒有多少錢，輕易不買零食吃，做買賣不易了。——天南海北，扯了一陣。

邱季剛閒扯著，正想問他：近日常來的兩個生人究竟如何？忽然那邊有個藍衣人跟了過來，邱季剛一望而知，不是本村的人。便問掌櫃道：「王掌櫃，你瞧那個穿藍衣服的人是誰？怎的我沒有見過，是誰家的客人呀？」王掌櫃笑道：「你老不認識人家，人家可認得你老呀？」邱季剛道：「這話怎麼講？王掌櫃說話淨和我繞彎。」王掌櫃笑道：「這人和前街老李家認識，他這人又好喝又好吃，每天不在前街酒館裡，就在我這裡。那天看著你老幾個人出門，他就說看著你老幾個怪投緣的，打算和你老哥幾位交個朋友，只是不好意思張嘴。問你老幾位為人怎麼樣，家裡有什麼人，家裡的客人多不多，他打聽完了後，可惜他有個毛病，就是口怯，羞見生人；不然，非和你老交談不可。」

邱季剛不禁愕然，忙問道：「這人姓什麼？」回答：「姓劉。」問：「是做什麼事的？」答說：「聽說是在城裡做買賣。」

邱季剛笑道：「不像買賣人吧？」王掌櫃也笑道：「我看著也不像呢。」邱季剛道：「還有人打聽我嗎？」王掌櫃仰面想道：「有一個矮胖也問過你老幾位來著。」邱季剛道：「也想和我們交朋友嗎？」王掌櫃道：「不是吧，是閒打聽罷了。他也不知聽誰說你老上月出門了，他問你老哥幾個可到河南做生意去了？我回答不曉得，他也就不問了。」

邱季剛聽了，心中又是一動。這時看那藍衣人，又從前街溜了過來，忙和王掌櫃道：「王掌櫃，不要說我提到他，我們不願和外人往來。」王掌櫃連聲答應，邱季剛付了錢，逕自前行，到拐角時，側目偷視，見那藍衣人果到王家小鋪去了，似乎也買了些東西。坐在那裡，一面吃一面談。邱季剛暗自點頭，信步走了兩條街，扭轉回來，仍回到那個小鋪附近，輕輕走來察看。只見那藍衣人一面吃，一面閒談，眼睛不時打量七雄的大門；穿著雖似村農，神去了。

情意態頗似官面。邱季剛早瞧出了七八分。恐怕藍衣人心疑，便不再進小鋪，漫然閒步回宅

一進門，賀孟雄面含憂色，見邱季剛進來，就問道：「四弟怎麼樣？」邱季剛搖頭，就把剛才所見說了一遍，又反問賀孟雄和紀書辦見面情形。賀孟雄道：「情形也不好。不知怎的，我們上河南的話，竟漏了出去。紀書辦剛才來說，縣裡已經派人到公所，暗暗打聽咱們近日的景況，有無生人出入，據紀書辦說，看情形不是縣裡要打聽，多半是上司衙門派人來查辦。這一回紀書辦很幫忙，口氣上不肯說，意思也是勸咱們躲躲。照這樣子看，多一半是咱們的事情犯了。」

趙梓材矍然說道：「那麼，我們就該見機而作，我們趕快走吧。」賀孟雄不語，眾人也都各相顧視，悄然無話，全知道情勢所迫，如若不棄家出奔，恐有大禍臨頭，若說棄家出走，又捨不得辛辛苦苦經營的柳林屯這座隱居山莊。

如此沉默了半晌，賀孟雄嘆了一口氣道：「說不得了。」遂命人請李豹諸友，一面對六弟兄道：「當斷不斷，反受其亂，照現在的情形，沒有別的商量，只一條路可走，便是一面打點潛逃，一面查看來人用意。咱們現在請他們哥幾個來想一想怎麼查看來人，怎麼樣出走，才比較合適，大丈夫為朋友兩肋插刀，斷不許皺眉，況又關切著崔大哥嗣子的事，請各位弟

兄當著他幾位的面，可別說出懊惱的話來。讓人家看著笑話。反正已然如此了，我們就該認命，埋怨也沒有用。」六弟兄答道：「大哥請放心，我們絕不說洩氣的話，誰讓咱們趕上了呢？」

這時長工已把李豹諸友請到，大家關上房門，圍坐在一起，悄悄計議。在座的計有河朔七雄、龍天照、許夢松、陶元偉、火道人、李豹、崔澤十三位英雄，陶秋玲自在內宅未出。

李豹問道：「賀大哥，把人都聚在一塊兒，有要緊事嗎？是不是咱們的案子有點風吹草動？」火道人道：「黑牛的嘴，沒說過好話。」

賀孟雄笑道：「這回黑牛兄弟還真說對了，我們的事大概出了毛病。」陶元偉、許夢松驚道：「莫非捕拿文書到了？」賀孟雄道：「差不多吧！最近有生人前來訪查我們，小弟等七人決定棄家出走，故此找諸位商量商量，怎樣走才免得叫人綴上。」諸人一聽，全都驚慌，陶、李、許、崔尤其感到不安。

陶元偉、許夢松很歉疚地說道：「為了小弟們……」賀孟雄擺手說道：「陶兄、許兄不必發煩，這不是一個人的事。我們弟兄和崔大哥是患難至交，為他的子嗣出了差錯，乃是應當應分的，現在我們是有福同享，有罪同受，我們還是趕緊商量怎麼走吧！」邱季剛道：「還得訪查這幾個訪查我們的人。」

李豹道：「這些狗腿子真可惡，我們先毀了他們再走。」又道：「既打算走，那還不容易？雇兩輛車，把家眷細軟放在車上，咱們大家隨著保護，一直衝出去，誰還敢攔？誰要攔咱們就宰這東西。」

趙梓材哧的笑了，說：「牛哥，去你的吧，你的主意真餿，還不如旗鑼伴著，拿轎把咱們抬著走呢。」火道人道：「李兄弟是真沖，也不想想走是祕密事，怎麼能明目張膽硬往外闖？就算人家攔不住你，人家不會暗綴著你嗎？況且這又不是單人，乃是拖家帶眷。」李豹臉上掛不住道：「不行就不行，哪裡這些嘮叨。不走咱們大家等死，誰要怕死，誰就是狗熊。」說完哼哼的往那邊椅子上一坐，眾人不覺都看著他笑。

龍天照掀髯道：「小弟倒有一個法子。急不如快，今天七雄兄弟可以分出一位來，到外面去僱車。雇好了車，夜晚間讓家眷先離開此地。剩下咱們最末後走，諸位以為如何？」

這個走法卻也不甚高明。陶元偉道：「七雄自己出去僱車，可不大妥當，沒得讓人家盯上梢倒更走不俐落。依小弟看來，這件事可以先託人在莊外暗暗預備好車，把家眷化裝改扮，乘夜步行出莊，然後乘隙上車逃走。小弟還有一個妙法，用五花八門的法子，把官人的眼目擾亂了；一面是真家眷偷走，一面是假家眷也偷著走，我們分幾撥往四面八方走，卻邀定集會之地。真家眷在中途休息的時候，最好先找一個有前後門的人家；或在打尖時，也預備好了車，此到彼發，這樣預備三四處，只是費點事，多花點錢，我準把狗腿子們騙了。看現在的情形，官方大概是剛來采探我們，想必不會立時動手。咱們所顧慮的就是家小，家小一走。咱還怕什麼？」

眾人聞言，紛紛議論起來。賀孟雄低頭不語，折中眾議，重新考量了一回，定規了幾步辦法，向眾人說了，眾人這才放了心。楊漢青站起來道：「這第一步辦法，僱車探路，讓小弟來辦。」說完，喊了長工，一同出去；直到夜晚方才回家。第二步辦法，由陶元偉、李豹去辦，卻是訪查官人的動靜虛實。

賀孟雄、邱季剛幾人或在家收拾細軟，或到外面佈置行頭，也各自辦各人的事去了。

第二天他們忙了一晝一夜，第三日恰好是村集。村中的人不分男女老幼，紛紛出來趕集，各個揣袋推車，有的是推貨到集上賣，有的是到集上去買，七雄家小，分出一部分，混在其中；有的提了籃子，扮作村姑，有的扮作鄉婦。趁亂溜出去，雜在人群中，走出數里地，到了幾處邀定的地方。這幾處早都預備好了車輛，上車逕自去了。魯桐、韓凌霄，在後遠遠地護送。賀宅門口也開出一輛大車來，上坐婦孺，直奔村外馳去。

午飯後，邱季剛匆匆自紀書辦那裡繞回來，一見賀孟雄忙道：「大哥，家眷走了沒有？」賀孟雄道：「已經走了一撥，怎麼樣？」邱季剛長吁了一口氣道：「好。」又對賀孟雄道：「我們要逃跑的話，恐怕也走漏了，現在外面風聲很不對，咱們只可快走吧。紀書辦透了點消息，城內正在調動官兵，說不定兩三天就要來。」賀孟雄驚慌道：「事不宜遲，等陶、李二位回來，立刻就走吧，別再耽誤了。」

天至晚飯時，陶元偉、李豹方才回來；眾人忙問二人刺探的情形如何？李豹道：「真有人綴咱們，我和陶大哥方一出門，還不太覺，等到走過兩條街，就看出來兩個人，鬼頭鬼腦，忽左忽右，忽前忽後盯著我們倆。我和陶大哥商量，要看看他們到底是幾個人，就假意分手。果然我們哥倆剛一分手，就又鑽出來兩個人，在後面跟我。我和陶大哥繞了好幾圈，已然看出來就這四個人，並沒有別個，要不是陶大哥囑咐我，我真恨不得引他們到野外，把東西放倒那兒餵狗。」龍天照道：「七兄弟，我看咱們還是早動身，少惹麻煩為妙。」賀孟雄點頭稱是。

於是賀孟雄、邱季剛等人，請李豹諸友稍候，他二人設法遣散長工僕人，有的付重資，叫他們出門辦貨；有的各給工錢，准許他們歇工回家；長工等想問緣故，賀孟雄捏詞說了理由。等到長工散去後，即忙備馬，馬上裝置好了食糧水壺，只等天黑，他自動身。

七雄的幾處宅子，業已空空無人。七雄都是江湖人物，身外之物都拋得開，只把細軟帶走，一切粗笨家具，四季衣服一概不要。自知大禍將臨，各人身上分帶珍寶罷了。而且七雄弟兄劫獄救人之後，一回家就準備著了。

這時離石縣城外大道上，又來了一撥，十數騎馬，正是方氏弟兄和黃河三劇盜、神手雁翅鏢周金壽，以及水蛇林文英和玉玲瓏林萍兄妹。緊跟著前後腳，另有一撥人，便是從前被李豹、杜仲衡打敗的張天佐、張天佑，他們的父親硃砂手張元方，也尋來了。

方氏弟兄是暗暗綴著洛陽捕快來的，可惜為了邀幫手，遲到了一步。那硃砂手張元方，是由別方面，打聽到李豹的蹤跡；他是專找李豹尋仇來的。

捕快是辦案，是緝拿越獄大盜，當然稟報離石縣，投文請兵。方氏弟兄是按照綠林道的規矩，潛來報仇，一面暗助著官人。硃砂手張元方卻是替兒子找場，並不打算侵害敵人的性命，更不想藉著官人之勢。

這三方面不邀而同，齊來搜訪柳林七雄和七雄的朋友。各人的心思不同，各有各的打算，卻都對七雄不利；但因為來的時候有前有後，這就無形中減少了力量，河朔七雄由此反得分別應付。

李豹、陶元偉把四個潛伏盯梢的捕快，看準了之後，趕緊回來。向七雄和火道人、龍天照，悄悄說了幾句話，眾人點頭。李豹向賀孟雄道：「賀大哥，你究竟安排好了沒有？今晚一定能動身嗎？」賀孟雄道：「正是，黑夜容易躲藏，我打算連夜逃走，給他們一個猝不及防，讓他們追也沒處追去。等他們想追時，人已在百里以外了。」李豹不語，附耳向賀孟雄說了幾句，道：「大哥，務必等我回來再走。」賀孟雄大喜，連忙答應道：「牛兄弟多辛苦了。」李豹一笑，回頭就走，同著龍天照、火道人、陶元偉，出了柳林屯。

賀孟雄送四人出了門，依然收拾財物，掩埋礙眼的東西。又檢視了一遍，看著這些宅子和家具，心中免不了悵悵戀戀。隨即長嘆一聲，便自取馬拭劍，靜候龍、李等人回來。

不一時，黑斑牛李豹一人跑來。賀孟雄忙問：「李兄弟，怎麼樣？」李豹道：「行了，咱們快走吧。」賀孟雄道：「他們哥幾個呢？」李豹道：「在屯外等著呢。」賀孟雄道：「狗腿子們呢？」李豹笑道：「上了樹了。」賀孟雄道：「四外還有人盯著咱們沒有？」李豹道：「小弟來的時候看了，大概沒有人。」賀孟雄道：「走。」這工夫夜暗天昏，風吹草動，氣象蕭索；賀孟雄忙招集散漫在各處的弟兄，備好了馬，另外帶著三匹空馬，從後門出去。摸著黑，來到了門外，四顧無人，飛身上馬。由李豹當先開路，到了屯外，會合了龍、陶、許這十多位英雄，撒開了馬，落荒而走。

河朔七雄紛亂準備的情形，大概官府也窺探出來了，只是官府行動遲緩，致被七雄占了先著。官府本預備第二日凌晨掩捕，如今七雄已走，四個臥底的捕快卻被暗算，堵住了嘴，捆吊在樹上。直到天晚，四個官人方才有一個掙脫綁繩，救了同伴，趕忙地進城報官、請兵追緝。當地官廳聞耗大駭，慌忙撥派兵弁，馳赴七星屯，圍莊搜院。當下撲了一個空，匆匆地查封了空宅，拘去四鄰；一面分兵順路追捕，一面發緊急文書，咨請鄰縣和沿路關卡，一體協拿，這已經耽誤得工夫很大了。

這追捕逃人的官車和原班捕快，合起來有四十名馬隊，五十多名步兵，各執兵器，如飛雲逐電似的從後面趕來，只可惜隔了一夜，又中了誘敵的計。經沿路打聽，追到歧路上，便斷不準河朔七雄逃走的方向，只可分成兩路排搜下去。那河朔七雄和他的朋友，早逃出一百多里以外；七雄的家眷也已潛投到祕密藏身的所在去了。

河朔七雄由賀孟雄斷後，引領群友，順小道縱馬南行，乘夜偷渡三焦鎮，打算先奔石樓鎮，略略一停等候家眷安抵密窟的確報，並聽一聽官府追捕的風聲。如果追捕的官軍已然跟蹤上來，只要再緊一步，他們就要離開石樓鎮，徑投石樓山落草避禍。

賀孟雄一行連夜奔逃，在天剛破曉的時候，已經抄小路來到石樓鎮外。在密林後下馬，正打算設法步行進鎮；忽然聽見大路上蹄聲落落，聲聲驚人。賀孟雄覺出形勢不妥，趕緊叫眾人牽馬入林，他自己和黑斑牛李豹，悄悄從樹後探頭，往外窺看。不想那蹄聲過處，塵土大起，早飛奔來數十騎，直搶到樹林邊散漫開了，把整個林子圍住。為首一人在馬上揚鞭大笑道：「河朔七雄久違，久違，幸會，幸會！」喊一聲，紛紛下馬。李豹眼快，一見認明，暗暗叫苦，同時賀孟雄也看出來了，不禁哼了一聲。原來真個是禍不單行，這圍林阻路的人，正是方鴻鈞、方子材弟兄和黃河三劇盜，神手雁翅鏢周金壽，玉玲瓏林氏兄妹，另外還跟著一群壯士。賀孟雄立刻抽身進林，關照同伴。李豹就昂然迎出去。

這時方子材連連揮手，他帶來的同伴立刻散漫開。方鴻鈞就暗合著暗器，含笑上前，道：「許兄，李兄，洛陽一別，教我們尋得好苦。」說著話、向黃河三盜使了一個眼色。周金壽、林氏兄妹立即會意，俱都手摸暗器囊，一手拉馬，盯住了林徑；準備七雄兄弟，如果往外一沖，立刻用暗器攻打坐騎。七雄弟兄、火道人、龍天照，幾人這時早都曉得了，在林中一聲不響，暗做突圍的準備。那林外的李豹，見方鴻鈞、方子材這種情形，不由大怒，道：「方老頭，你們打算怎麼樣？你們到底衝著誰來的？」方鴻鈞答道：「不打算怎麼樣，只請李爺、龍爺、許爺、崔爺四位出林一談。至於別位英雄，咱們彼此無恩無怨，我弟兄絕不相擾。諸位若願稍候一會兒，容得我弟兄跟許、李四位盤桓過了，你們一同再走也可以。不然的話，就請別位先行，我們只會的是李、許、龍、崔四位，我與別位素昧生平，我們定要留面子。但是你們四位要先走，可得有點說辭……」衝著李豹雙目一瞪道：「李朋友，那位許朋友，龍朋友呢？為何還不出頭？再不露面，方某可要不客氣了。」眾人聽了，還未置答，李豹大笑道：「你想要留下我們嗎？」一言未了，那邊早惹惱了趙梓材。

趙梓材和李豹感情最好，聞言知是沖了李豹來的，為友情重，一聲厲喝道：「放你娘的屁！你們有多大膽子，敢留我們哥們？我倒看看你朋友多大本領！」說著話，喊一聲：「李牛哥闖啊，看誰敢攔！」伸手一帶馬，翻身上去，雙腿一夾，馬往前一躥，左手按刀鞘崩簧，右手抽出鋼刀；再伸手探囊摸暗器在手，一馬直衝林外。

賀孟雄和幾個年長持重的人，誰都憤恨方氏弟兄咄咄逼人，只是他們唯恐後面公差追來，還打算說幾句江湖話，化解化解。求他們讓路，什麼事以後再說。趙梓材話已說出去、賀孟雄要攔未攔住，只可挾武力硬闖了。賀孟雄便請大家一齊上馬出林，只見趙梓材催馬上前，相距雙方不遠，鋼刀交與左手。暗器交到右手，一按簧，咯吧一聲。一支袖箭劈面奔方子材射去。方子材正立在林邊路上，忙側身一閃，也將右手一揚，不打人，先打馬，一條白線直奔馬頭釘來。趙梓材連忙帶馬，那馬一側頭，一支鏢破空打過去，那鏢的紅色纓直拂著馬眼，馬一受驚，頓時狂跳起來。趙梓材驚而且怒，自知馬上工夫不濟，忙翻身跳下鞍來，舉鋼刀步戰。奔方子材就劈。方子材冷笑，側身閃過，舉刀相迎，二人殺在一處。

那李豹雖然好鬥，卻不願如此耽擱，但看目前這情形，不殺也不行了，便掣折鐵刀上前，道：「方老頭，咱們倆再來來。」方鴻鈞不語，咬牙切齒，舉練子迎住，龍天照回顧陶元偉道：「不要盡讓好朋友動刀，我們也上……」雙手一提腰圍子，撲撲嚕嚕亮出了那條龍頭桿棒，跳步上前，神手雁翅鏢周金壽喝一聲，提分水鉤鐮槍擋住。那陶元偉提金背砍山刀，正要上前，被賀孟雄攔住道：「陶兄且慢……」這時候許夢松不堪其憤，也要揮刃出戰，賀孟雄對陶、許二友，很急促地說道：「咱們現在可不是耽誤時候的了。」把眾人聚在一起，匆匆囑咐幾句話。發一聲喊：「闖啊，別盡死心眼呀。」十數匹馬一齊衝出。

賀孟雄和陶元偉、許夢松先一擁而上，打算絆住方氏弟兄，讓李豹、龍天照、趙梓材三人抽出空來，急急上馬奔走。

哪知敵人早防到這一手，各個不動，手發暗器攻馬。河朔七雄和諸友只顧奪路，有的馬被打受驚，狂奔亂走；有的見形勢不對，不喜馬上工夫，便跳下馬來步戰；有的馬匹傷重倒地，人只得跳下來打，當時這些人混戰在一起。河朔七雄且打且退，二方弟兄緊綴不捨。正在捉對兒拚鬥，難分難解之時，忽聽後面隨風過處，隱隱傳來一陣蹄聲。不一會兒蹄聲越來越響，這情勢突兀，雙方不禁各都抽空往四外偷覷。只見來路上聲勢驚人，轉眼間奔來數十個騎馬客，隨著馬後，捲起了一片黃塵，如飛雲掣電奔來。河朔七雄心中有病，不覺著急發慌；方氏弟兄卻也猜著一些，他們卻是又喜又懼。

蹄聲落落，由遠而近，由急而緩轉眼來到林邊。七雄凝眸回看，果然是追捕劫獄人犯的官差，業已會合官軍趕到。一見這邊械鬥的情形，為首的兵官吆喝一聲，登時往四面散漫開。

此時天色已經昏黑下來。

河朔七雄和李、陶、龍、許諸友，情知不妙，不敢再戀戰，招呼一聲，首先由賀孟雄、龍天照、陶元偉三人，手掐嘴唇，吱溜溜一聲長嘯，發出危急暗號。眾人也都明了，急待抽身退走，只是各被敵人絆住，急切間不能戰退仇敵，會合逃走。

賀孟雄十分著急，一面動手，一面又發一聲呼哨。眾人虛掩一招，同聲大吼，抽身急退，紛紛奪路四散奔走。只可惜遲了些；官役已從四外合攏來，齊喊：「格殺勿論，拒捕者死！」

「休放走強盜呀！」四五十個官軍騎卒和十數名捕快，各使長槍單刀鐵尺，撓鉤套鎖，標槍弓箭彈丸，近攔遠打，亂奔眾人打來。卻未免分不清誰是七雄，誰是黃河三盜、方氏弟兄。二方弟兄見有官役來圍，起初還想助官役，捕盜復仇。不料想官役不分青紅皂白，兵刃暗器，連他們一齊打，二方情知不妥，忙一聲呼哨，也讓自己人趕緊撤走。其實這工夫，方氏一黨和黃河三盜，早不待囑咐，各個都明白，全都舞刀槍劍散開了，往外亂闖。這些人武藝精熟，飛縱功夫高妙；官軍努力兜剿，顧此失彼，終被他們殺出一條血路，落荒竄逃而去。

河朔七雄也都亂竄。只陶氏父女和許夢松在一起，李豹、龍天照、趙梓材三人在一處，河朔七雄在場四人分作四處；火道人、崔澤落了單。崔澤一個人奔上荒郊，單揮無人處，信步狂逃。於是河朔七雄洗手後，十年經營，偌大一番家業，被官府和仇家所逼，只落得一夜工夫，傾巢四散，不免重入江湖。他們在江湖上另有遇合。這其間遭遇最奇詭的，還是那少年崔澤。

第三章　林邊驚豔

少年崔澤在暮色蒼茫中，失去坐騎，後背誤中一冷箭，傷雖不重，卻也疼痛難禁。他咬住牙，右手掄刀，左手執雁翅鏢，趕緊急目尋未婚妻陶秋玲，已然不見，他無可奈何，尋了一個人少處，拚命殺過去。雖然有人阻擋，被他刀鏢齊施，官軍到底擋他不住；他一溜煙闖了出去，專奔黑暗處逃竄。他自從一度陷入牢獄，深知監獄的滋味大不好受，再也不敢大意。

此時他忙施展飛行術，也不擇方向，奔野外無人處，伏身飛跑，只覺得後面有人跟追。明明聽出只有一兩個人，自知精力疲乏，也不敢翻身迎敵，只有捨命曲折狂奔。黑暗中不辨東西南北，深一步，淺一步，也不知跑了多大時候，也不知跑出多遠，跑到哪裡，漸漸覺出後面無人跟綴，他這才緩了一口氣。放慢了腳步，回頭一看，黑乎乎無人，只剩了自己，一個同伴也沒有了。他長嘆一聲，又跑了一陣，前面有一土崗，被森林交掩著。崔澤要奔進去歇息，剛剛搶到崗後，待入林中。

忽地腳上一絆，整個的跌了一個跟頭，倒在地上。只聽他足下有一個嬌細的聲音，哎呀的一叫，跳起一個人，沒走兩步，旋又坐倒。

崔澤奔了半夜，氣力已然使盡，這一跤倒地，只覺力軟筋酥，再也爬不起來。只疑官差埋伏在此，已經認命受捕，緊握兵刃等候，不再動轉掙扎。忽又聽出聲音不對，先放下一半心。這一下摔得夠重，一時爬不起來了，他側轉身子，左肘支地，借星月之光一望，黑沉沉看不甚清，好像是個夜行人，在那裡蠕動。崔澤在這邊掙扎，那人在那邊掙扎，好像全是疲憊不堪，動轉不得，又似全都受了傷。崔澤聽出對面呻吟的聲音，不像男子，疑心是陶秋玲逃出虎口，他就精神一振，翻身坐起叫道：「是妹妹嗎？」

那邊人影並不答聲，似乎正側目往崔澤這邊打量。崔澤忍不住又低叫了一聲：「妹妹！」語音啞澀，聲音更低。那邊的人影這才還叫了一道：「哦，是我。你可是二哥嗎？」

崔澤這才聽出，果然是個女子，卻不是陶師妹，乃是一個豫皖口音的女子。

崔澤心中一動，暗想：這是什麼人？莫非是附近的女子？

卻不是魯西口音。莫非是……他陡然記得了，那仇人方鴻鈞邀來的幫手，確有二男一女，兄妹相稱，均在少壯之年，莫非這一個人影，真是那對頭的幫手，那個女強盜嗎？

崔澤記得李豹曾說過。那女子姓林，是什麼黃河三盜之一。便漫然叫道：「你你你是誰？你可是方才那邊那個姓林的女子嗎？」那女子聽出口音不對，便不答應，急握兵刃反問道：「你是誰？」崔澤年輕，不知顧忌，便隨口答道：「我叫崔澤，你到底是姓林嗎？」

那女子果是黃河女盜玉玲瓏林萍，也是混戰負傷，突圍而出。當時在黑暗中。仇友不分，官賊不辨，彼此兵刃暗器亂舞亂飛，她雖然闖出重圍，卻在左臂上，不知被何人的刀掃了一下，登時鮮血迸流，嚇得她顧不得疼痛，一味拚命飛跑，仗這黑夜隱身，卻喜跑出圍陣。可是她也和崔澤一樣，總覺後面有腳步聲，似乎老有人追趕。她越發驚慌，一氣跑到這座樹林土崗的旁邊，這才放了心。回頭一看，已無追兵；她本想入林歇息，不料力氣用盡。傷處失血稍多，這一放心，心氣往下一泄，再也跑不動了。只得倒在林邊崗後草地上，暫為緩一口氣；本想精神略振，用絹巾裹傷上藥，無奈用力過度，這一倒下，四肢痠痛，渾身一點氣力也沒有了，再也立不起來。功夫不大，她又聽見崔澤喘吁吁跑來。

她起初疑是官役追到，及至人影迫近，僅僅是一個人，當然不是官役。但是黑夜中辨不出是誰，也不敢嘶喚，唯恐是仇人，便思暫行躲避。只是精神尚未緩過來，渾身依然痠軟無力，原想勉強立起身來斂避，又怕來人看見，只得伏身蛇行，往旁邊躲一躲。不想她若不躲，還不至於碰上崔澤，這一躲恰巧崔澤正趕到，兩人全是逃入林中，正是走到一條路上，一個伏行，一個飛跑，恰巧把崔澤絆了一個跟頭，崔澤登時嚇了一大跳，林萍自己也嚇了個不輕；兩個人都幼稚，都嚇出了聲。

等到雙方一答話，確知對方不是官差，她才放了心，想不到遇上了對頭。

玉玲瓏林萍曾闖江湖，到底比崔澤心路來得快。她在方氏弟兄那裡，曾聽說過崔澤，而且也曾和崔澤動過手。現在她靈機一動，便想起了一個計較。她一面防備著崔澤，一面說道：

「你可是七雄那邊的崔澤嗎？」未等崔澤回答，接著說道：「我便是黃河三盜俠的玉玲瓏林萍，就是你說的那個姓林的女子。咱們全是為友助拳來的，咱們可是素無仇恨，誰也不認識誰。到現在不幸我們遇上了官人，我們可要看開一點。我知道官差正在追捕你們，可是我也是綠林，也不願意遇見他們，惹出麻煩來。大概你是受了傷，我也是逃到這裡的；依我之見，你我不必尋仇，此地更不可留戀，咱們不妨合手一同逃走，彼此犯不上作對。」其實她有她的私心，她左臂受傷，動轉不得。想讓崔澤幫她一下忙，好脫離險地，至少也不要毀她才好。她的心情正是：「明知不是伴，事急且相隨。」

崔澤聽完這話，一想有理。自己逃到這裡，人生地不熟，身子又負著傷。人在難中，原本盼望友黨幫助；玉玲瓏林萍和自己素來沒仇，她既這樣一說，正和崔澤的意思相投。崔澤登時滿心歡喜，實心實意地應道：「林姑娘的意思正和我一樣，我們全在患難中，正是同病相憐，應該互救。」他便勉強站起來，湊到玉玲瓏身邊。

崔澤因為自己後背受傷，創傷的地方，恰巧左右手都搆不著，雖有刀創藥，卻不能敷上。現在歇了這一會兒，越發疼痛起來，深恐血液流得太多，想請林萍給他上藥。其實傷口雖涔涔出血，卻不像他想像流得那麼厲害。他走到林萍旁邊，就淡淡的月影，低頭一看。這時玉玲瓏林萍強掙著說了許多話，稍一動轉左臂，傷口便痛起來。不禁低聲發出呻吟。崔澤立在她身旁，她不禁抬頭端詳來人來意。兩人目光相對，崔澤吃了一驚。藉著星月之光，依稀看見玉玲瓏面容慘白無人色，渾身打戰，似比自己還痛楚。忙問：「林姑娘你怎麼的了，是不是也受了傷？」

玉玲瓏林萍疼痛難忍。也顧不得許多，道：「我左臂受傷了，我右邊衣袋裡有金創藥，打算求你費心給拿出來。」崔澤忙道：「原來你也受了傷，這不要緊，金創藥我這裡也有。姑娘可要我敷一點藥，纏一下傷嗎？」玉玲瓏呻吟答應，右手拋過一條絹巾。崔澤剛要動手，玉玲瓏林萍忙又攔住道：「等一等，咱們得起個誓，誰也不許暗算誰。」崔澤道：「有理！」忙跪地仰天，發了誓願：「皇天在上，我崔澤和林姑娘化敵為友，誓共患難，誰也不許暗算誰。如違此盟，天誅地滅。」說罷，也要求林萍起誓。林萍不禁羞澀起來，無法推辭，也只得照樣起了誓：「我和崔澤化敵為友……」說到友字，聲音低不可聞，下面的話，就照著崔澤的詞，說了一遍，崔澤這才釋然。林萍把左臂衣袖捲起來，懇求崔澤敷治。崔澤強忍自己的傷痛，剛動手一摸林萍，林萍哎喲一聲。崔澤忙縮手道：「怎的了。」林萍呻吟道：「不要緊。不過碰了傷口一下。」復說道：「我怎的這麼糊塗！」問崔澤道：「你可有火摺子嗎？」崔澤一摸兜囊道：「沒有，丟了！」

玉玲瓏林萍默然不語，伸手摸索半晌，掏出火摺，遞給崔澤道：「你把它點著。」崔澤依言，方要打開火摺，林萍道：「且慢。」伸手抓住崔澤的腕子，崔澤覺著她的手涼而滑潤，這一抓自己，反而似有一股熱力，不覺心中一跳。林萍道：「你聽聽，是不是又有人跑來了？」崔澤側耳一聽，任什麼也沒有聽見，便道：「沒有什麼動靜呀。」林萍道：「想是我耳離了，不過這地方究竟不妥。我想煩你扶我到林裡去裹傷，似乎穩當些。火亮一起，沒的把官差勾來，可不是耍的。」崔澤點頭說：「是。」他雖然負傷，男子到底較有力氣，右手稍一用力，便扯起林萍。

玉玲瓏林萍止不住心中亂跳，覺有一股熱氣，由耳根燒到兩腮。實逼處此，無可奈何，扶著崔澤的手，兩人一步一步，趺趺撞撞，挨挨靠靠，摸黑徐踱到林中，崔澤忘其所以，盡走不休；林萍估摸外面看不見了，這才含羞帶愧。教崔澤止步，她就微呻一聲，擇了個地方，撥草倚樹坐下，然後讓崔澤重打開火摺。她左手接過火摺，用右手持起左衣袖，露出左臂的傷口，讓崔澤給她上藥。崔澤至此方看出她的傷比自己似乎重得多。當下細細給敷上藥，用她的絹巾裹好傷口，然後問道：「裹得怎麼樣？可緊不緊？」林萍低聲說道：「謝謝你！裹得很合適，我覺得此刻好得多了。」

崔澤伺候完了林萍，忍不住也說道：「姑娘，我也求求你！」林萍臉一紅道：「什麼？」崔澤笑道：「姑娘也給我上點藥吧。」玉玲瓏道：「你也受了傷嗎？傷口在那裡？方才我怎麼沒看見。」崔澤道：「我的傷在肩背後，恰好教我摸不著。」說著轉過身去，一面打算褪下衣袖，袒背給林萍看。卻是他的傷是箭射的，連衣衫都被射破，而且血液流離。玉玲瓏林萍借火光早已看清，以此不能袖手，誰教剛才教人家給自己裹傷來著。只可一手舉著火摺，幫助崔澤褪下一隻衣袖，露出肩背，細細地查看崔澤的傷口。她的手方一褪崔澤的衣袖和衣領，觸手處冰濕，復又血漬斑斑，染紅了一大片。不禁呦了一聲道：「你的衣服怎麼這麼濕，不淨是血呀。」崔澤答道：「方才急跑，汗出得太多了，大概血汗交流，不覺把衣服全弄濕了。」

玉玲瓏林萍一邊驗看傷口，一邊說道：「穿著濕衣服，上面有血跡，恐怕不好。依我看來，不如把它脫去。」崔澤哼了一聲，沒搭腔，似有難色。玉玲瓏林萍道：「你可有絹巾、布條嗎？這傷敷完藥，還得纏上，不然髒了衣服，蹭掉了藥。」

崔澤越發為了難，半晌說道：「我哪裡有這麼長的絹巾，布帶呢？姑娘你可有小手巾嗎？」林萍不覺哧的一聲低笑道：「沒有了。」林萍看他為難，便替他想法道：「我看你穿在裡面的濕衣，有了這些血跡，也不能穿了；不如脫下來，扯成布條，裹上傷口。等到明天，到市上再買一件衣裳，不就行了。」崔澤喜道：「還是林姑娘想得周到，不過我的小包袱，剛才混戰時丟了，脫掉這件，我只好赤膊了，這如何使得？」

說著，面露窘態，眼望著林萍發愣。林萍忍不住說：「我的包袱裡倒有……」崔澤大喜道：「姑娘要有富餘衣服，請暫借我一件。」這話一出口，林萍又為難了。她倒確有白晝替換的衣服，更有一套男裝儒服，只是她有些顧忌，不願意把自己的衣服出借。她又看不得幼稚的崔澤如此受窘；默想了一會兒，方才說道：「我倒有件小衫，只是你穿著不大合適。」

崔澤連忙說道：「合適，合適，姑娘你的身量和我差不多，將就著穿，反正比赤膊強。」玉玲瓏見他著急的情態，微笑道：「我們女人的小衫，你怎會穿著合適？」崔澤道：「那有什麼法子，咱們不是身在難中嗎？」

林萍道：「得了，別說了，現在我先給你上藥裹傷好了。」遂給崔澤敷了藥，把崔澤的小衫撕成布條，代為紮好傷。騰出手來，將自己的小包袱打開，提出一件小衫，丟給崔澤。崔澤千恩萬謝接了，往身上一穿居然很合適，喜得他連聲說道：「這件小衫原來不是女式，原來真像給我做的一樣。」林萍紅著臉道：「別廢話了。」

他們二人這半天，彼此裹傷上藥，已將互相疑忌的心去掉，變成真心實意的患難之友了。

玉玲瓏林萍給崔澤敷藥更衣，此時火摺子，早已用完。二人的傷痛已經好多了，氣力也緩過來了。天還沒有亮，二人無處可去，信步到林深處，找了個柔軟草地，相對坐下，一半休息，一半說起彼此的事來。

林萍漫問崔澤道：「你是哪裡人？」崔澤道：「我原籍是南陽人，你呢？」林萍道：「我是直隸大名人，你在江湖上混了幾年了？」崔澤不大明白她說的是什麼意思，便答道：「我這是初出來。」林萍微笑道：「你是剛出來的嗎？你和黑斑牛李豹不是一夥的嗎？」崔澤道：「不是的。我和李叔父是後碰上的，我是出去尋父的。」林萍一聽，知道他是初踏江湖的雛兒，便換了口氣問道：「你家裡出了什麼事，你怎麼自己出來尋父？你父是和家裡生氣跑出來的嗎？」崔澤道：「不是的，你可知道南陽三傑嗎？」林萍道：「哦，南陽三傑，我倒聽人說過，是老英雄了。其中倒有兩位姓崔，全幹鏢行。據說南陽三傑有二位已經故去，一位隱居了。莫是這姓崔的跟你是一家人嗎？」

崔澤年輕，不知輕重，便道：「不錯，南陽三傑中頭一位崔豪，便是我的父親。」林萍道：「哦，原來你是武林名家之後，可是你父親又是怎麼失蹤的呢？」崔澤嘆息一聲道：「我父親自從鏢局出事，復仇之後，便從南陽逃到異鄉，以後灰心江湖事業，便棄家隱居了，一直十來年，不知他老人家下落。我那時還小，武藝未成，直到最近，我們家裡人聽外邊傳說我父的蹤跡已經有人曉得。故此我隨了我許叔父出來，一來尋父，二來到江湖上見識見識。」

玉玲瓏林萍聽了，沉吟道：「你原來是初涉江湖，立志尋父，那麼你怎會得罪了官家，把你提到獄裡去呢？」

崔澤搖頭道：「我也納悶呢，就是我跟你們要交手的那天，也不知何故，官差就突然圍上了我們。我要和他們講理，問他無緣無故，圍上我們做什麼？不想那撥官人真可恨，不容人說話，上來就打，叫著喊著，咬定我是黃河大盜。我一生氣，拿刀刺傷了一兩個人；不意回頭一看，就剩下我一個人，我的許叔父、李叔父全不見了。我打算也要溜，一失神，就被他們捉住了。」

說到這裡。在黑影中，玉玲瓏林萍哎喲一聲，旋即捂著嘴說：「你這個傻瓜……」到底忍不住哧的笑了。崔澤不覺糊塗了，忙問：「怎的了，我怎麼傻？」林萍越發笑個不住道：「說你傻，你還不信，你幾時見過綠林人物，跟官面講理，自說不是強盜。你算是替我們頂了缸了。」崔澤接聲道：「但是我實在不是強盜，他們竟不分良莠，我如今回想來，果然我是受了你們的連累了。我被擒之後，那縣官認定我是黃河大盜，一死地問我什麼劫船案贓物隱藏在何處，神手雁翅鏢周某是我的什麼人，現在何處；問得我糊里糊塗。原來就是你們幹的，拿我當了替死鬼了。」玉玲瓏忍不住又笑起來道：「大概是這樣的吧。」

崔澤想想受刑的苦處，同時也明白了林萍是什麼人，不由心裡很不自在。他也沉不住氣，不知不覺露出不滿意的口氣，道：「哼，你還笑，你替我想想，我怎的這麼倒楣呢。什麼劫船的財寶，我一點也摸不清，我倒平白的變成了監獄的黑人。許叔父也不見了，李叔父也沒影了，陶姨父、陶表妹也走散了，弄得我們生死離別，尋父的事也沒法下手了，更不能回老家見我母親。我一個人變成了逃犯罪人，我夠多麼冤枉！」說這話越想越不是滋味，側目看著林萍，再也坐不住，便要站起來，簡直把玉玲瓏看成禍水一般了。

玉玲瓏林萍在黑影中，也側目看著崔澤。見崔澤一個初入江湖的少年，只為自己兄妹劫了富戶嫁女的妝奩船，反倒替自己打起詿誤官司，自己也有些抱歉。加以突圍後，倉促邂逅，深承他釋嫌援手，她心中很有些感動。況且崔澤又是英俊少年，林萍又是小姑獨處，老實說，林萍此時方寸有些亂了。她不再訕笑崔澤的呆痴，反而憐憫他的幼稚。崔澤卻越說聲調越大，似乎漸生恚意；夜幕沉沉，恍惚見崔澤身子一動。她猜想崔澤立起來要走，她忙用手一按崔澤的肩膀，不讓他起來，一面低聲言道：「你受著傷呢，別起來亂動，這回你受了許多苦處，也實在怨我們兄妹兩個，可是我們從前誰也不認識誰，我們也不是故意嫁禍給你，說實了，這是誤打誤撞，你也不能怪我呀。現在我們二人總算共過患難……」說至此接不下去了，半晌才道：「況且我們起過了誓，我們不是化敵為友嗎？……可是的，你剛才說要尋父，可尋到了嗎？」

崔澤搖頭道：「沒有，我這不是剛出來尋父，就碰上這倒楣官司了。」他還有些不忿，雖然未生敵意，已經不願與林萍共話了。林萍卻不肯放他走，忙道：「我說崔……你聽我說……你很有運氣，會遇著了我，不然你再也找不到令尊的……」

說到此處，心頭一轉，不再說下去了。她知道她這話可以打動幼稚的崔澤。

崔澤果然趕緊追問道：「你說什麼？你可知道我父親的消息嗎？」林萍淡淡地答道：「從前我倒知道一點，也不甚清楚。」崔澤去志頓消，轉臉忙改口道：「林姑娘，你若真知道家父的下落，請費心告訴我。我出來這些日子。一點線索也沒得到，現在好了，姑娘你怎麼曉得的呢？你真曉得我父親的準確下落嗎？」玉玲瓏吞吞吐吐地說道：「我不過是無意中，從我哥哥那裡聽到，他和什麼南陽崔豪有過什麼交道，細情我不太知道呢。」

崔澤大喜，忙說道：「原來令兄知道我父親，令兄現在哪裡？好姑娘，請你給我打聽打聽吧。」又道：「姑娘想想看，也許你還記得我父親的落腳處。」玉玲瓏莊言道：「我知道的話，一定告訴你，可惜我當時是事不關己，滿沒留意。」又低頭略一尋思道：「你若願意跟我去找我哥哥，從我哥哥那裡，一定會得到崔老伯的消息。」

崔澤半信半疑，跟人家又沒有多大交情，不能一死地追問；他又尋父心急，只得模棱答應道：「我倒是願意隨姑娘去找令兄，只是我想等天明，找找我陶姨父、許叔父。」崔澤是想找兩個熟人，商量商量，或者一塊兒去。林萍當然不願意了，她道：「你不要忘了我的身分，我不願見那不三不四的生人，況且又是我的對頭，你若願和我去打聽崔老伯，你就是千里尋親的孝子。我當然不避嫌疑，給你幫忙，等到天明咱們可以一塊兒走。你要想尋找你的朋友，我可是不能同你去。我絕不那麼傻，好容易逃出來，再折回去自投羅網。你再想想看，官人正在捕捉我們呢！」又笑道：「我明白你的意思，你怕我把你領到我哥哥那裡，把你給謀害了，那你就想錯了。方子材和我們兄妹不是一夥，只是請我們兄妹來助拳的，事情一完，也就各奔前程，誰也管不著誰，如今若是咱們倆一塊兒回去，當然是只找我哥哥，我對他說，你是我的……」說到此處驀地臉一發燒，自覺底下兩個字，沒法子措辭，朋友二字既不妥，相好的三字更不行。遲遲半晌道：「我只說你是我的救命恩人，他還能把你怎麼樣不成？」

崔澤聽她妙語如簧，只痴痴地聽著，又見她說話吞吞吐吐，忽然轉到「救命恩人」上去，崔澤依然不曾理會。可是他害怕這黃河女盜四個字，仍不願跟林萍結伴，只嚅嚅說：「我怎會怕你謀害，不是的，不是的，不是的，我是有我的難處……」一連說了好幾個不是的，他也不知道怎樣說好了。

玉玲瓏林萍知道此時崔澤正打不定主意，不覺咯咯的笑了，立刻逼緊一步道：「看你這樣子，也沒有一準的打算；你既想尋父，就該跟我走。我哥哥絕不會害你，我也不是不讓你找你的同伴，只是黑夜中四散奔逃，正如你我，不知誰碰到誰，也不知各跑到哪去了。你就要找他們，也沒有準地方啊。況且咱們剛才交手的那座樹林，絕不能再去，那危險太大。人生遇合很奇，成心找有時找不著，可是不定在什麼地方，又碰上。你莫如先跟我走，尋父總比找朋友強；過了這一陣子，你再慢慢打聽你的朋友的下落。」

繞來繞去，玉玲瓏林萍又把剛才的話復說了一遍，更曉以留戀不走的利害，半虛半實地催崔澤跟了她走。她自有她的深心，崔澤倉促沒有想到。

崔澤尋思了一會兒，自覺林萍的話也是實情。自己初涉江湖。孤身一人，舉目無親；回去尋友，斷乎使不得，真個是自投羅網，他左思右想，措身無地；便咳了一聲道：「沒法子，姑娘，咱們一塊兒走吧！不過令兄是真的曉得家父的下落嗎？令兄不至於歧視我吧？」

林萍欣然得計，她所以力讓崔澤跟她走，一來她別有隱衷，二來她真有私心。實在她的傷很重，她又是女子，若沒有人衛護，一到白天，她簡直走不了。當下她連忙說道：「崔老伯的下落，我哥哥大概是曉得的，我哥哥也絕不會歧視你，你放心好了。」卻又說：「你也不必勉強，你若現在分不開身，以後再找我，我一樣地幫你尋父。咱們不是剛才都起了誓，從此化敵為友。朋友有互助之誼，你無論何時，無論為了何事，只要找到我那裡，我一定好好款待你、幫你的。」

崔澤道：「謝謝你，姑娘，我現在只好跟了你去。先找令兄，再打聽我父親。對於我的同伴，既然失散，以後再說吧。」

林萍欣然大喜，崔澤立刻要跟她走，她還沒有緩過氣力來。因對崔澤說：「索性等一會兒，現在天還沒亮，莫如歇夠了，我們再走。」又見崔澤心神不定，便引著頭和崔澤閒談。

隨後崔澤問玉玲瓏的身世，玉玲瓏自稱是直隸名武師之後，故此隨父學了一身好武藝。父親死後，哥哥林文英自恃武功，不務正業，和一幫浮華少年往來，好色貪賭，將家業消耗垂盡，後來母親也氣病去世了，哥哥悔恨前非，立誓戒賭。又為了討債，跟素日交遊的少年打了一場架，把那欠債的少年打得過重，昏死過去。他當時大駭，疑惑自己毆斃人命，連忙奔逃回家，乘夜攜妹亡命，流落在江湖上，免不了借武技謀食，接近了做私商的草莽人物。

不久又遇到了年長藝精的雁翅鏢周金壽，也是亡命之徒，談起來武藝門戶相近，脾氣又相投，二人就先結拜，後結夥做了強盜。帶累得妹妹林萍也入了盜幫，時人稱三人為黃河三盜俠。這便是林萍已往之事。

玉玲瓏說起了自己的身世，不禁悵然懊恨，只因哥哥少不務正，弄得無家無業，淪為綠林。現在兄妹二人相依為命，涉想將來，何日是個了局？況且自己究竟是個女孩子，難道一任韶光虛度，做一輩子的女強盜不成？說著，不禁唏噓哽悲起來。崔澤聽得愣了，只得設詞勸解林萍，林萍方才破涕為笑。因復轉問崔澤：「你家裡還有什麼人？」崔澤答道：「我家裡人口很少，除了我父沒有下落，現下只有老母幼弟兩口人罷了，連我就剩三口。」林萍笑道：「你的娘子呢，怎不說上？」崔澤不好意思地答道：「我還沒有成家呢，哪裡來的娘子？」林萍笑道：「你多大了，怎麼還不成家？」崔澤道：「我不過二十一歲。」林萍笑道：「跟我一般大。」

第四章　萍水留情

兩人談了一會兒，回顧林外，天際漸現魚肚白色。林萍呻吟一聲，向崔澤道：「天快亮了，咱們得想一個脫身之計。你我衣履不整，口音又不大一樣，神情也不倫不類，又都受著傷；若不商量好了，彼此言語牴牾，要叫人起疑心的。」崔澤道：「姑娘你想法吧，我全聽著，我是怎麼著都行，怎麼著我都能闖出去。」林萍看著他道：「你口氣好大！你倒推了個乾淨，這是咱們兩人的事啊。咱們兩個人，有一個是好人，也可以推說一個得了病，一個是服侍病的。偏偏咱倆都是病人，一塊兒哼哼著去投店，算是怎麼回事呢？你別盡一推六二五，單要我一個人。」

崔澤道：「姑娘，不是我脫懶，說真格的，現在我肚餓口渴，心裡發慌，身上很累，一點兒主意也沒有了。我只想找個地方，飽吃一頓，再睡覺，治傷還在其次。我不像姑娘你，好歹比我多出兩年門，在外面知道的事很多；請不要客氣，快想法子走吧。」林萍笑道：「你呀，真成就是了。」低頭想了想道：「我看咱們掙扎著出去，先到附近的村莊，設法買一兩套隨身的衣服，再買點兒乾糧水壺，打聽打聽路程，不休息，僱車先走，走出兩三站再說。你可記住，想往哪裡去，先別說出真實地名來，必須說相反的地名。要等到走出去，再一站一站的改假地名。」崔澤會意道：「我明白了。」

林萍又對崔澤道：「咱們兩個人在一塊兒，可以說是……」忽問崔澤道：「你幾月生日？」崔澤道：「我是十月初一，什麼事？」林萍道：「我比你大三個月，道上咱們可以姐弟稱呼。」

又笑了一聲道：「你可願意認我這個姐姐嗎？」崔澤道：「姑娘說哪裡話。我正求之不得呢。」林萍道：「那麼你叫我一聲……」崔澤口羞，不覺叫了一聲「姑娘！」林萍喊道：「什麼？」崔澤改口道：「我忘了，是該叫姐姐。」林萍道：「怎麼又是該叫姐姐，這像什麼話！」崔澤勉強叫道：「姐姐！」林萍很清脆地答應了一聲，道：「對了。」又還叫崔澤：「弟弟！」崔澤也應了一聲。林萍不覺紅著臉一笑，道：「我們得叫順了嘴，路上才不至於出岔。咱們該走了！」崔澤應道：「咱們該走了。」

可是兩個人此時骨軟筋疲，依然動不了身，玉玲瓏林萍看了看天氣，咳了一聲，竟側身倒在草地上，說：「我很難受，咱們再歇一會兒。」崔澤更是兩眼迷離，瞌睡甚深，竟也頭枕樹根，不覺要睡著。那玉玲瓏林萍滿腹心事，雖然又疲倦，又痛楚，卻神魂不定，不敢睡去。先抬眼望著天空，默想了一回，後來側臥在崔澤對面草地上，暫為休息。過了一刻，用右臂支頭，半欠著身子，兩眼凝望著崔澤，想入非非去了。

此時天漸破曉，太陽光尚未照到，看人已很清楚了。林萍偷覷崔澤，紅潤潤的一張臉，兩道長眉。眼睛微微閉著，睫毛很長。臉上雖然汗泥交雜，卻顯出一種清秀稚氣來，頭髮也亂亂的，體格顯著非常的健實。一隻手做枕，一隻手直伸出來，臂上青筋暴露，顯見是練過功夫的人。玉玲瓏呆看良久，臉上無端又發起燒來，身子不知不覺挨過去，停了一停，忍不住用手撫摸崔澤的頭髮，又輕輕摸崔澤的肩臂，忽然崔澤一伸胳臂，似要翻身。林萍忽想起崔澤背後有傷，恐他睡中翻身，壓了傷口，一把輕輕拉住崔澤肩頭，往後一按。崔澤呻吟一聲，從迷惘中驚醒，問道：「姑娘，怎麼的了？」

玉玲瓏見崔澤一醒，有些羞澀不安，忙解說道：「你看太陽都這麼高了，不要睡了，快起來趕路吧！」崔澤掙扎坐起來，摩擦雙眼，仰看天色道：「哎呀，怎麼睡這大工夫！」回頭看林萍道：「姑娘睡了嗎？」林萍不悅道：「怎的又這麼叫？」崔澤改口道：「噢，我忘了，姐姐睡了嗎？」林萍隨口應道：「我略略睡了一會兒，我的傷很痛，兩個人都睡著，我怕出岔子。現在時候差不多了，故此叫你起來，其實我比你還疲乏呢。」

崔澤看林萍的面色道：「你臉上氣色真不太好，又沒有歇息，小心不要病倒。」說完站起來，打了一個呵欠，覺著精神力氣恢復多半，傷處也不很疼痛了。那玉玲瓏林萍聽崔澤說她氣色不好，伸手從萬寶囊內，掏出一隻小銅鏡子，對著一照，眼圈發青，姿容慘淡，病像已呈，渾身更覺得難受。她究竟是個女子，不比男子結實，奔波半夜，通宵未眠，又受著傷，深夜風露侵身，自知病已纏身，以前是仗著奔馳之氣撐著，還不覺怎麼樣，被崔澤一說破，登時更覺得支持不住了。她皺眉說道：「我也覺得不大好，你摸摸看，我頭上發燒嗎？」

崔澤真個伸手一摸，林萍頭上果然滾熱，慌道：「呀，熱，這可怎麼好？」林萍忙道：「不要緊，我大概是受寒了。你扶著我趕緊走吧，先離開這個地方，到前途再想法子。」

崔澤依言，扶了林萍，方走了幾步，林萍道：「且住。」回頭看了看，讓崔澤把血衣埋在深草土坑裡看不見的地方，又往四周看了看，方才出林。崔澤道：「你真仔細。」林萍勉強道：「不得不小心。」二人徐踱出林，崔澤挽著林萍，林萍幾乎把整個身子倚在崔澤的臂上，直走到附近的村落，把崔澤真累出一身汗來。林萍固然蓮步纖纖，步履艱辛，口發微喘；崔澤也是帶傷的身子，咬牙強行。走了好久工夫，才走出一二里路，兩個人全暗暗叫苦。

兩人掙扎著，終於來到附近村落之前。鄉村中人都起得早，三三兩兩正在荷鋤下地，劈頭遇見這不倫不類的兩個人，衣履各別，俱帶病苦之容，時候又在清晨，又不是本村人，這些耕地的人，不覺都要多看他們兩眼，露出疑訝意思。玉玲瓏覺得人們的眼光都像帶刺似的，盯到他倆身上，她才覺到侷促不安，臉上漸漸地浮起一層紅雲，幾乎低頭不敢仰視。小聲對崔澤道：「不好，他們直看咱們，你走快一點吧，咱們不要投村莊，還是投市鎮的好。」

崔澤也正感覺不安，並且他還怕有官人追他。聽玉玲瓏一說，顧不得傷痛，也不敢進村療飢，掖定林萍，大踏步直走。

走上數十步，林萍後悔道：「為什麼方才不向人家問一問路呢？」崔澤道：「不是你讓我快走嗎？」林萍扯頭瞧著崔澤，笑道：「我忘了，怎麼你也忘了？好在前面有人，索性到前邊再問好了。」纖手一指面前的小路，道：「你看，前邊那不是又來了人，你過去問問；可別忘了咱們商定的話，可要說你我都姓林。」崔澤一怔道：「這怎麼講？」玉玲瓏道：「你好糊塗，你是越獄逃犯，若不改姓。倘讓官人究問著，一準追趕你來。」崔澤點頭稱是，讓林萍候在路邊，他獨自迎上去。

那迎面來的人，也是個荷鋤下地的農夫。崔澤忙見了個禮，道：「勞駕二哥，這是什麼地方？」那農夫很奇怪地看著他，緩緩地說道：「這是三里屯，你老要上哪裡去？」這一下卻把崔澤問住了，他本不認得路，他自己也不知道該往哪裡去。

磕磕地說道：「我我……」不禁回頭一看林萍，又與林萍相距稍遠。忽然他靈機一動道：

「我本是要上石樓鎮，走到半途，不意遇見強盜，只顧掙命跑，便迷路錯到這裡。這時候我連東西南北都說不上來了……」他還要往下飾說，林萍看出蹊蹺，忙走過來，替他遮掩道：「謝謝你老，到石樓鎮可怎麼走？」農夫看著玉玲瓏道：「你們要上石樓鎮，應該往南走，若照你們這樣走，恰好是往北，越走越遠了。你們應該往回去，由這裡往南，再往西，曲曲折折，還有四十多里路，才能到石樓鎮。最好你們是僱車去，若是步行，一準迷路。」說罷，上眼下眼打量二人。

這一番話，說得崔澤張口結舌，沒法子更往北走了。還是林萍心路快，又謝了謝說：「哦，原來我們嚇糊塗了，轉了方向了。這前面既是三里屯，三里屯可能僱車嗎？」

農夫答道：「三里屯是我們這裡的鎮甸，別說僱車，你要什麼沒有？」林萍忙道：「那裡也有店嗎？」農夫道：「有店。」林萍這才道了一聲勞駕，轉對崔澤道：「弟弟，我們先往三里屯，雇一輛車再說吧。倘若那裡有衙門，我們也好報官。」

兩人別了農夫，依舊往三里屯走，那個農夫直望了他們好半天，方才走去。玉玲瓏低聲地怨崔澤應變乏才；崔澤自承口拙，嘰咕了一陣，兩人不由相視笑了。一時走到三里屯，兩人不敢再相攙扶，一前一後進了這座小鎮甸。吃了飯，先買了隨身換的衣裳，又買了乾糧水壺。崔澤看玉玲瓏燒得很厲害，還強支著跟他買這個，買那個，就勸她住店歇息一天再走，或者找郎中吃點藥。玉玲瓏不肯道：「我哪裡就會病死了呢，現在先逃命要緊。」執意快走不肯住店。崔澤拗不過她，一想也是實情，只得在小鎮茅店中打了個尖。找本地郎中卻是沒有，只有小藥鋪的先生代看病。遂說了病情，買了一副成藥；在店中讓玉玲瓏先服下，彼此又互相裹傷敷藥。歇了一陣，崔澤出店打聽附近地名，和林萍密商先奔鐵鑼關，再繞道東行。重價雇了一輛轎車，讓林萍臥在車廂裡邊，他自己在外邊跨轅，曲折先往南走。玉玲瓏不放心崔澤坐在外邊，怕他行蹤詭異，招來官人側目，便叫他也進車廂，和自己擠坐在一處。小聲道：「你怎的這麼不小心？你是黑人，怎能露面？況且你也受著傷，也未得休息，車裡寬綽，你也歇一會兒吧。」崔澤依言，進入車內，兩人相挨相靠，半坐半臥，擠在一塊兒；又放下車簾，面對面望著，都有點不好意思，一時斂容不語。那趕車的做了一個鬼臉，揚鞭趕馬，喝聲：「喔籲！」那牲口立時拖車走起來。牲口疲老，土道不平，把兩人顛簸得不時磕頭碰腦，肌膚相親，氣息微聞，兩人羞羞慚慚，相視苦笑。好容易走出一站，地名是郭家店，二人下車投店。

這郭家店鋪戶稀少，還不如三里屯熱鬧，可是林萍再也支持不住了，天也晚了。進了店房，按胞姐弟的宿法，找了兩個單間，賃了被縟，玉玲瓏一見床鋪，急忙爬上去一躺，不禁哎呀了一聲，頓覺渾身痠軟，頭昏眼花，一迭聲呻吟起來。崔澤也是疲乏不堪，坐在一旁，皺眉問道：「你覺得怎樣了？可是傷口痛嗎？」林萍搖頭道：「傷口還不礙事，我只是感冒，我想還得吃點藥，發發汗才好。」當下兩人強撐著，重新換藥裹傷，幸有自備刀劍良藥，居然沒得破傷風。跟著林萍又倒下呻吟，身發高熱，鼻塞氣粗。崔澤皺眉著急又要出去找郎中，哪知這裡連藥鋪都沒有，更不用說醫生了，崔澤搔了半天頭，只得找店家，打聽了個偏方，打算叫林萍服用。林萍拒絕不肯服，只命他弄來薑湯。趁熱喝下，便倒頭睡下了。

林萍似乎翻騰了半夜，崔澤也未睡好。崔澤要過來看護她，她滿面含羞，執意不肯；及至崔澤躺下，又聽她在隔壁不住哎喲。眼看折騰到天亮，崔澤疲極入睡，玉玲瓏卻又咬牙掙扎起來，催醒崔澤，算還店錢，扶病登車，緊往下一站趕。

這樣一天一夜，玉玲瓏林萍的病，不得休養，真個越來越重，迷迷糊糊，抓住崔澤的手，小聲央告他。「你可不要丟下我自己走啊！你救了我，我一生一世也忘不了你，我一定幫著你……」說的話很可憐，神情尤其可憐；把個初出茅廬的崔澤，竟說得十分不忍，連自己的疲勞都忘了，一心要把這患難中相逢的女盜救活治癒。他哪裡知道，這其間林萍頗有幾分做作！

可是崔澤到底也是個少年男子，正當知慕少艾之年，縱然已跟表妹陶秋玲訂了婚，此刻面對這病西施的玉玲瓏，終不免怦怦動情。陶秋玲年歲還小，一派天真，很多女孩兒嬌痴態度；玉玲瓏林萍跟胞兄浪跡江湖已久，涉世甚深，年近花信，對待崔澤，輕顰微笑。很有幾分擒縱手段，崔澤不覺為她所惑。

玉玲瓏林萍扶病趕路，身在轎車中，依然拉著崔澤的手，教他和自己面對面，偕臥在車廂裡面。有時車一震動，林萍把顆頭兒栽在崔澤懷內，崔澤越神情躊躇，她越挨挨擠擠，藉著有病，故作痴迷。悵悵自怨自艾；這一路奔命偕逃，及至落店，她又軟語乞憐。把個崔澤磨害得神魂顛倒，險些矜持不住。

終於兩個人來到鐵鑼關，地距石樓鎮已遠。玉玲瓏把一雙星眸，半睜半開，對崔澤說道：「弟弟，我實支持不住了。我看這地方很僻，又不是奔河南的大路，我想在這裡好生歇一夜；就便找個郎中，切實給我診診，只是我又不忍拿自己一個病身子，累贅你沒完沒了。弟弟你可能下車進關，替我找一家大些的店房嗎？你不要丟下我這個苦命女子，自己個拔腿一走呀，你好歹給我請個郎中。」軟軟的總說著這樣的話，滿臉裝出無可奈何。其實崔澤並沒有丟下她單走的意思，她故意把自己放在伶仃無助的悽慘情況裡；暗用情絲萬縷，把崔澤俘虜拴住。果然這些話，追得崔澤再三悄聲起誓：「你放心。我既然說定，彼此患難相扶，我怎能在人病重的時候，丟手不管？你不要多慮了，你病得這樣，我一定陪伴著你。就是你病癒，我還要借重你引見令兄，打聽家父的去向，我怎能半途而廢呢？你千萬放寬心，我絕不偷走，我這就去找店，你在車上歇著吧。」

崔澤跳下車，剛要步行覓店，那車伕搶著發了話：「客人，您何必下車找店？我就認識一家大店，我可以把車一直開到店房，豈不省事？」崔澤說道：「這也好……」玉玲瓏慌忙從車廂探頭道：「不不不，弟弟，你就在這裡，把車打發了吧。我想起來了，這地方還有我一家親戚，我們可以投奔他去。」

玉玲瓏竟自己掙扎下了車。從身上掏出銀錢，開發了車伕；又恐車伕動疑說閒話，多多地給了賞錢，然後叫過崔澤，教他攙扶自己步行進街。可是這車伕得了錢，照舊也要馳車進街，玉玲瓏緊走幾步，嬌呻一聲，停住了腳步。張眸一尋，路旁恰有一塊大青石。悄對崔澤說道：「弟弟，你扶我到那邊歇歇吧。」

崔澤暗暗點頭，明白了林萍的意思，一聲不響，將她攙扶過去。直歇了半頓飯時，見那輛車去遠。玉玲瓏往四面一看，方才說道：「弟弟，咱們進街找店吧。」崔澤忽然失笑道：「你不是說這裡有親戚可投嗎？」林萍微微一笑：「你不要慪我了，我那是騙車伕的。」又皺眉道：「我現在簡直更糟了，四肢無力，腳底下沒根；弟弟你慢慢地扶著我走。我們進街要多加小心，我們起初只顧躲避官人，繞道而行，躲著往豫西大道是對的；偏生走到這鐵鑼關來了。是關就有卡子，我們可要加倍留神；不要教卡子上的官人，把咱們扣下才好。」

兩人相扶相掖，來到鐵鑼關前鎮甸內。行人漸多，都拿眼瞧著他倆，他倆又不由心中發慌。這些過往行人倒不是看出二人形似逃犯，也不是看出兩人類似私奔；只因兩人俱都面色憔悴，又都年輕，衣履又不像難民，人們覺得稀奇，以為這是害瘟病夫妻倆，免不了要多看他們幾眼。他們心中有病，竟不敢再攙著走了。進了鎮甸，打聽店房，找到一家大客棧，兩人徑去投宿。

玉玲瓏一到店房，便往板床上一躺，低聲說道：「我真受不住了，你趕緊給我請一個好醫生來吧。」說完，吁吁帶喘，雙眉緊蹙，似有淚容，崔澤看著她，燒得兩頰通紅，神情如此淒苦。又想她跟自己萍水相逢，扶病同逃，靠著她久涉江湖的經驗，樣樣打算的都周到。若不是她，也許自己回去尋友，重蹈險難，而且茫茫大地，自己孤身一人，無處投奔，既不認得路，又不認識人；既不敢回家探母，更不知往何處尋父；想以此處，本是他搭救林萍，現在他倒感激林萍，做他良伴，代他設謀，他的同情之心油然而起。不但不嫌累贅，反湊近林萍。拉住她一隻腕，婉聲道：「我就去請醫生，我一定好好照護你，你不要難過，你還想吃什麼東西嗎？」林萍看他拉住自己的手不放，心中又不由怦怦跳動，同時覺得臉上發燒。卻也任他扯住，並不回縮手，沖崔澤賠笑低聲道：「我不想吃什麼，我只是渾身疼，你快去請醫生吧。稍為好些，還得趕路呢……」又道：「弟弟，你這人太好了，比我親哥哥還惦記我。」

崔澤被她親暱口吻，也說得臉紅，口裡答應著，用手摸了摸她的頭，還是燙手；見她亂髮拂面，便把她垂下的頭髮攏上去，說道：「林姐姐，你太……你真……」下邊不知說什麼好了，忙一轉身走出去，向店家打聽醫生去了。林萍目送他去遠，不覺忘形欣悅，怔了半晌，雙眸一閉，悄然深思，漸覺心頭輕鬆，迷迷糊糊竟自睡去。

不多一會兒，忽地驚醒睜眼一看，崔澤還未回來。她忽然慌張起來，翻身欲起，不料方一離枕，立刻天旋地轉，滿眼金星亂迸，登時急出一頭汗來。心想：我都睡了一覺了，崔澤怎麼還沒有回來？莫不是又出了差錯，莫非是他嫌我累贅，棄我而去了嗎？其實她睡了不過頓飯時間，醒來自己覺得時候很長。林萍卻想不到這些，睡在床上，輾轉著急。她自從在林中，與崔澤盟誓共患，知道崔澤尚未婚娶，又是武林名家之後，她便對崔澤用心籠絡，說了許多有作用的話，要把崔澤拴住，她竟想到了自己的終身大事，一片苦心整個撲到崔澤身上了。可笑崔澤也已陷入情網，猶不自知，居然相信林萍的假話，要跟她去尋父，殊不知林萍所說她哥哥知道崔豪的消息，那全是哄騙崔澤的謊言。

她當時唯恐崔澤仇視自己，再不然捨己而去，這都對她不利。她這時見崔澤久出未歸，漸漸地惶急起來。忍而又忍，再也忍不住，到底把店家喚來，盤問崔澤到哪裡去了？走了多久了？店家答言道：「那位林客官剛出去，沒有半個時辰，大概是找郎中去了。你老有事嗎？」林萍稍放心，道：「現在什麼時候了。」店夥答道：「現在未牌不到。」玉玲瓏沒話可說，尋思一回，又問店夥：「這裡可有好郎中嗎？離這裡很遠嗎？」店夥說：「有郎中，離這裡不算太遠。」林萍道：「那麼他怎麼還不來呢？」店夥道：「那誰知道啊，也許郎中出診沒工夫，那位客官等著他呢。」說得她不言語了。遣去店夥，臥在床上，兩眼直勾勾地望著門口。自悔不該讓崔澤出去請醫生，應該叫店家去請。

過了半個時辰，方見崔澤陪了一個白髮醫生回來。玉玲瓏深籲一口氣，趕緊放倒身軀，閉上眼又躺在床上了。崔澤先讓醫生坐下；自己走到床前，看了看林萍的神色，輕輕叫了一聲。林萍這才慢睜二目，如夢初醒，衝他笑了笑。崔澤便將手巾包打開，內中是些鮮果，先給林萍剝了幾個果子，送到口邊，林萍閉著眼睛噍了。隨即請郎中過來看病，那白髮郎中診了診脈，看了看舌苔，由崔澤幫著，又驗臂上傷處。崔澤已對郎中說過，接胞姐住娘家，中途遇盜，負傷受驚；這郎中問罷病情，便評斷道：「這病是受傷驚嚇，失血過多，又中了風寒，更加上勞碌傷神，病看著很重，大致還不甚要緊。只怕好得慢些，服了藥，好好靜養，吃點滋補東西，有一個來月準可痊癒了。」說著，索紙筆開了藥方，付過馬錢，郎中自去了。崔澤打發店家去抓藥，一面把醫生的話告訴林萍，林萍倒欣然趁願。只有崔澤聽說這病要養一個月，他卻十分發愁，可是他一面發愁，一面也覺得欣幸似的。坐在玉玲瓏林萍身旁，先給她削梨剝皮，後又打開自己的小革囊，檢視出奔時所帶的散碎銀兩，已然戔戔無多，連十兩都不到。遇仇突圍時，他不幸匆遽狂逃，為圖輕鬆，將包袱棄掉，整封銀錠，白晝的衣裳，全部失落了。他坐在桌旁，不禁面對革囊呆呆發怔，玉玲瓏側臥床頭，見他發愁。就柔聲問道：「澤弟弟，你那是幹嘛呢。」崔澤回頭答道：「你沒聽郎中說嘛，你的病很得養些日子，我看我的錢夠不夠用？」

玉玲瓏林萍暗暗感動，賠笑道：「錢夠嗎？」崔澤遲疑答道：「夠吧，我想熬到你的病好，錢總差不太多。可惜我帶的金珠銀兩，全在背包裡面，拴在馬鞍上了；那天逃得慌，棄馬步行，沒顧得解下包裹，我身上就剩下點散碎銀子了，好在我還能想法。」林萍忙道：「錢的事你用不著著急，你沒有，我有哇。我那包袱裹有六十兩紋銀，還有兩個金錠，一副金鐲子，一些別的，我衣服裡還有，你先把銀子拿出來吧。」崔澤應了一聲，說等用的時候再取吧。林萍道：「咳，你的錢，我的錢，不是一樣嘛？你怎麼還跟我客氣！」立逼崔澤解包袱取銀，崔澤笑著不動，林萍咳了一聲，故意含嗔道：「你就是這麼不聽人的話！」一賭氣似的爬起來，自將包袱打開，把大小兩錠銀子丟給崔澤。又信手把那兩個金錠，一對金鐲取出，努著嘴向崔澤說：「澤弟弟，你來！」

崔澤笑著走到床前，玉玲瓏一拍床沿，又一努嘴。崔澤忸怩地坐起在床沿邊，看著林萍道：「姑娘，什麼事？」林萍佯怒道：「你說什麼？」崔澤忙叫道：「姐姐！」林萍一推崔澤：「我哪裡配呢？我不過是個女江湖，你是名鏢的大少爺！」崔澤笑道：「配，配，我父親也幹過綠林，咱們都一樣。我是長這麼大個子，頭一回有姐姐，叫著不順口。您讓我練練！」故意一字一頓地又叫了兩聲：「姐姐！」林萍也笑了。

林萍把金錠金鐲擺弄給崔澤看，隨取一隻鐲戴在自己腕上，看了看，笑了笑；舉著那一隻金鐲，悄教崔澤伸出左腕，親自給崔澤戴好。崔澤剛要張嘴推辭，玉玲瓏斜睨他一眼，說道：「不許你推辭！難道連姐姐的這點念想，都不肯受嗎？」

崔澤舉著手腕道：「我……」

林萍道：「你怎麼樣？乖乖給我戴著。又不是私贈表記，這是姐姐認你這個弟弟給的一點兒贈禮。」說罷，又翻檢包袱，打開一隻硬木小匣，內中是一對玉玲瓏環珮。林萍拿出來，給崔澤看，說道：「這東西也算是無價之寶。弟弟，我留下一件，這一件送你，將來給弟婦戴。你可以告訴她，某年某月，在患難中認了一個苦命的義姐，是這義姐贈給你們夫妻，做個紀念的。」說著，無端嘆了一口氣。自將那一隻玉環珮裝好揣起來，把這只仍裝在匣內，連匣塞在崔澤掌中。力逼他收起來。

崔澤連受贈物，不敢奇拒，稍為帶出辭謝的意思，林萍便愴然欲淚。崔澤赧顏領受，半晌說：「你這是怎的了？把你心愛的東西，全分給我一半，豈不教我沒法酬謝？」

林萍道：「咳，弟弟，只要心裡有我，我就感激，用不著你還禮的。」

崔澤道：「不然，常言說禮尚往來，姐姐留我念想，我也應該有點東西回敬才對。」

玉玲瓏剛要搖頭，忽又轉念，面露喜色道：「弟弟說得也對，我不要你的貴重回禮，你不妨隨便給我留念想。」

崔澤欣然說道：「是啊！我總該……」說著探手一摸衣兜，不由站起身來，來回打旋。他身上一點零碎飾物也沒有。木桃之報，竟無一物可酬。搔頭說道：「這怎麼辦，姐姐肯收了，我又……」順手探懷，忽然觸著一物。摸索著拈出一看，哦，那就是未婚妻表妹陶秋玲送別時，悄悄贈給他的一個羊脂玉雙魚，上絡同心結子，另外還繫著一個荷包，內裝張天師避邪護身符，原是繫在貼肉衣紐上的。崔澤睹物思人，不覺發愣，站在床前，半晌沒有言語。

玉玲瓏林萍側身托著腮，凝望著崔澤問道：「弟弟，你那是什麼？」

崔澤道：「唔，沒有什麼？」

林萍欠身坐起，兩眼盯著崔澤笑道：「你過來，讓我看看，也不要緊的呀！我曉得了，那一準是你的相好的送給你的小玩意兒。」向崔澤連連招手道：「過來，過來，讓姐姐開開眼，我絕不告訴別人的。」

崔澤紅著臉說道：「你不要胡猜，這是，這是……家裡人給我戴上的，我倒忘了。」他年輕面嫩，當不得玉玲瓏頻頻催促，摘下荷包，遞了過去。玉玲瓏接來細看，把病痛全忘了。孜孜地研究著，看那羊脂玉雙魚，雕鏤古樸，頗似漢玉，倒是那只荷包繡工精妙，紫地金線，這面繡著荷塘雙鴛鴦，那面繡著「長勿相忘」四字，嗅了嗅很香。林萍看呆了，陡有一股幽怨之氣，充滿胸間，身上一陣酥懶，呻吟一聲，重就臥倒，手裡仍捏著那玉魚和繡荷。

但是她立刻醒悟，臉沖崔澤一笑，徐徐說道：「我倒看不出弟弟你會扯謊……哎呀，我這功夫又有一點不得勁，腰眼有點疼……弟弟，我問問你，你說實話，這荷包到底是誰給你製的？是你的娘子，還是女相好的？弟弟可別多心，我好打聽明白，我絕不是嘲笑你。」她這手捏著荷包，那手自己捶腰，一臉笑容，可忍不住哼哼，似乎累了。

崔澤這時候，心上比她更亂，一路亡命，渾忘了舊情，此際陡地想起了未婚妻陶秋玲。昔日同堂習藝，情好甚深；月前自己誤落法網，更承陶秋玲遠道來援。監中相看，脈脈含情；既訂婚約，心心相印。頃來避捕出奔，中途失散，只顧跟這個玉玲瓏周旋，這兩天竟把陶秋玲忘了，自己未免太對不住這個未過門的愛妻。

他自己默想著，不禁偷瞥了玉玲瓏一眼。玉玲瓏長身玉立，細腰纖足，水靈靈一對大眼，於豔冶中透露英爽。現在臥病，形容憔悴，可是她那潔白的肌膚，宛然像個玉人，本質是夠美的。尤其迷人的，是她那眼波四射的一對鳳目，忽然含情媚如嬌花，忽然挾刺冷如霜刃，輕輕把人一瞧，每每看得你心跳。表妹陶秋玲就跟她截然不同，陶秋玲嬌小溫柔，既多情，又稚氣，是個很活潑的女孩子。跟崔澤愛好做親，訂婚之後，依然打頭碰臉，每逢偷偷背人相會，低言悄語，情致纏綿，含羞帶愧，依依婉戀；和玉玲瓏相比，她是另有一種閨閣中動人風格的。崔澤將新來比故，深感到魚與熊掌，兩美難兼的況味了。那床頭臥病的玉玲瓏林萍，就像窺透了崔澤的心肝似的。

當下不說什麼，只向崔澤力索雙魚，作為紀念，崔澤絕不肯給，她越要得緊。弄到最後，她到底撒嬌撒賴，把那羊脂玉雙魚強行扣留，將護符荷包擲還，崔澤竟無可奈何。

玉玲瓏在店中病了七八天，崔澤也就服侍了七八天。她起初沉重，漸次輕減，暗地攬鏡自照，覺得憔悴容顏稍稍復舊，對鏡自憐，心涉遐想。又將息了幾天，這一日試著下地走動了一回，覺得氣力也恢復了。乘崔澤不在面前，起床對鏡，梳髮飾容，薄薄地敷上脂粉，點上口紅，自照芳容，微微一哂，暗暗想好了一個好主意。等到崔澤從隔壁過來，便拈了一塊金錠，叫崔澤去到街上兌換現銀。崔澤看了她一眼忙說：「你那六十兩銀子，還有許多，何必又換這個？」玉玲瓏笑道：「呆公子，我們該預備走了，我們還坐那磕頭碰腦的破騾車嗎？你可以拿這金子和那銀子，買兩匹好馬走，我們可以騎著馬趕路。」

崔澤道：「這個，我哪能淨讓你破費？」林萍鳳眼立刻凝寒，做出不悅，卻又撲哧笑了，說道：「澤弟弟，你一張嘴，就跟我兩個心。別說咱們倆已經結為姐弟，就說你救了我的命，治好我的病，我是不是也該報答你這位恩人？你是逼著我，天天向你說感激話吧！想不到很漂亮的一個人，把錢看得這樣重，又是什麼破費了，真教人……哼！」

崔澤被擠得沒話講，笑著說道：「你的病沒有好俐落，你也不應該騎馬呀。」林萍皺眉道：「好孩子，別和姐姐抬槓了，你就依著我辦去吧。」

崔澤搖頭微笑，拿了金銀，立刻去到街上買馬。好容易選中兩匹良駒，付價牽回店中，交店夥拉到馬棚，他自到房間，報告林萍。不想他剛邁進屋門，玉玲瓏林萍慌慌張張跳下床來，一把抓住崔澤，拉到床上，掩住房門，低聲說：「弟弟，不好，我們趕快逃走吧。我們的形跡大概叫地面官人看出來了，剛才有兩個人來查店，把我盤問了一個夠……」崔澤吃了一驚，往四面一看，忙道：「那麼我們現在就走！但是，姐姐的病……」林萍皺眉道：「我的病不要緊，逃命要緊！」崔澤嘆了一聲，轉身就要去牽馬，卻又站住，臉一紅向林萍說：「我還沒有買鞍韉呢，我就買去。」

林萍不禁失笑，忙從包袱中又取出一錠金子，交給了崔澤。崔澤立刻上街，買來兩副鞍韉，立刻收拾著要走。玉玲瓏道：「弟弟不要慌，明天再走，還成。」崔澤一度下獄，怕打官司，連忙搖頭道：「官刑的罪不好受，我們還是趕緊走吧。」林萍道：「還不至於那麼緊，地面狗腿子不過是犯疑罷了，我們可以賄買他，拿錢堵他的嘴。你沉住了氣，凡事有我呢，我自信比你在行。現在就走，不早不晚的，我們準趕不上站頭，半路上更打累贅。」

她到底阻住崔澤，她自然沉得住氣，因為她這番說辭，又是一篇謊話。

當晚算還店帳，次晨兩人策馬登程；打算由鐵鑼關曲折回走，橫越姑射山，東奔鎮城，徑入冀南，這便是玉玲瓏規劃的行程，明為相幫崔澤尋父，其實是投奔她的盜巢。迤行數日，這一天行近姑射山麓，到一片荒林無人處，林萍口稱疲乏，教崔澤一同下馬，入林小憩，擇一隱僻處，拴好了馬，兩人倚樹並肩而坐。林萍悄對崔澤說：「你猜地面上怎麼犯的疑？」崔澤道：「我不知道啊。」林萍低頭說：「大概是因為你我喬稱姐弟，可又口音不對；店夥動了疑，告訴了地面，地面這才盤詰我。你猜他們盤詰我什麼話？」

崔澤道：「你沒有告訴我，我怎麼知道？」

林萍越發低了頭，面含一片嬌羞，似乎無地自容。崔澤瞪著眼叮問她，她張嘴要說，又復吞吐，良久才拿手捂著臉說：

「他們把咱們看成，咳，你叫我怎麼說？」

崔澤故作懵懂，依然叮問，玉玲瓏林萍側身附耳說道：

「他們說咱們倆口音不同，必非同胞，他們說你是我的……男相好的，他們說我是你誘拐出來的！教人這麼胡猜，我往後可怎麼做人！」說著，似乎萬分慚恧，把頭竟傾在崔澤肩上，櫻口微喘，直不勝情。

少年崔澤也不禁呼吸短促，臉泛紅雲，那隻手不知不覺伸出來，微挽著林萍的一雙手，說道：「姐姐，你何必這樣？你放心，我一定把你當親姐姐看待，我如有惡念，教我……」剛要往下講，林萍軟軟的手掌掩上來，堵住他的嘴，低言悄語道：「弟弟，我不光是怕聽這種話，我還想到你我二人姐弟相稱，照樣惹人動疑。……弟弟，你如果不嫌棄，如果不恥笑，我打算跟你改了稱呼，你看行嗎？」

崔澤恍然大悟，心中一跳，忙問：「改什麼稱呼？」

林萍斜睨他一眼，似嗔非嗔，似笑非笑地說道：「你原來也這麼壞！你說改什麼稱呼呢？」

崔澤不由笑了，然而他是男子，有些個話到底不敢由他出口。林萍被逼無奈，只得低頭捂臉微動朱唇，輕輕說道：「我不要叫你弟弟了，我要叫你哥哥！道上真沒有法子，只好假裝你的妻子！」掙扎著說出這話來，嚶嚀一聲，把顆頭索性藏在崔澤懷裡了。崔澤隱隱聽得她心裡撲噔撲噔的跳動，他自己也情不自禁，心跳不已，手卻上來，將她的粉頸攬住。兩個人相倚相偎，好久好久！

玉玲瓏林萍和崔澤，終於在石樓山荒林而萍水結緣，在姑射山荒林而鶼鰈定情。

這一對孤男怨女，如醉如痴，在林間樹下，情綿綣繾，竟忘日影之西移。後來還是他兩人騎的那兩匹馬，拴在一棵樹上，忽然咬起架來，亂踢亂跳；林萍騎的那一匹，居然扯斷韁繩，出林遊走起來，這才把一對愛侶從情夢中驚醒。崔澤首先叫了一聲，慌忙站起身。玉玲瓏鳳目含情，眼波如醉，仰臉望著崔澤叫道：「弟弟……不，哥哥，是怎的了？你跳起來，幹什麼？」崔澤向外一指道：「你不見馬要跑掉嗎？」追出林外，把馬捉回，拴在另一棵樹上，返身仍到林萍面前，臉上很有點訕訕的，看看林萍嬌慵的樣子，徐徐說道：「時候不早了，我們該走了吧？」

玉玲瓏含羞帶愧，把崔澤掃了一眼，趕緊低下頭，忽又撲哧笑了起來。忽然又抬起頭，向崔澤微瞟著，眉峰一皺道：「走……咳！怎的我身上一點勁也沒有？」掙扎著要起來，剛剛欠起身，又撲地坐下了；臉上做出沒奈何的樣子，真似力不足以運肢體，張著兩手，雙眸帶出求助的意思來。崔澤會意，忙伸手拉住她的手臂，慢慢把她扯起。玉玲瓏嬌呼了一聲：「多謝！」身子一栽，似要跌倒，卻把身子栽到崔澤的懷裡。

又溫存了一會兒，崔澤悄聲說：「看晚了，趕不上店，咱們上馬吧。」玉玲瓏點了點頭，渾身倦態可掬，靜等著崔澤拉過馬來，扶她上去，她這才慚然一笑，按住了韁繩。然後崔澤也解轠帶馬，飛身上去；各將馬輕輕一揮，兩匹馬並轡聯鑣走下去了。雖在馬上，玉玲瓏依然挨挨靠靠，恨不得跟崔澤共騎一匹馬才好。崔澤少年面嫩，見路上行人時向他倆側目，低囑林萍，檢點形骸，不要過於忘形。當下兩人直走到天黑，方才到達站頭，是姑射山根一座小鎮，地名雙羊屯。

進了雙羊屯鎮甸。崔澤先下馬，問路覓店，找到了一家店房。玉玲瓏林萍也下了馬，店夥就要牽入馬棚，林萍道：「且慢，你們這裡有好房間嗎？」店夥回答，很有幾間空房，上房三間，耳房一個單間，現在全沒有住客，玉玲瓏林萍面向崔澤悄說：「我們就住單間吧。」她這意思，既然喬裝夫婦，夫婦當然同房。她這主意自然是一種誘惑，崔澤到底躊躇不安，說道：「上房既然空著，咱們就住上房好了。」玉玲瓏轉身背對著店夥，眼睛看崔澤的臉，露出怨怪之意道：「你怎麼又擺起譜兒來了，住上房得花好幾倍的店錢哩。」口裡說著這樣的話，不住沖崔澤使眼色，她的手直捅崔澤，她似乎一定要住單間。

崔澤到底拉不下臉來，說道：「住上房吧，究竟上房要乾淨些。」店夥當然歡迎客人擺闊，也忙插言道：「上房又乾淨又寬綽，比小單間強多了。那小單間又小又潮濕，裡頭只有一副小床，剛能睡下一個人。」

崔澤到底強拗著林萍，跟隨店夥，到三間上房去了，牲口另由一個店夥牽入馬房，崔澤來到上房，玉玲瓏臉上紅紅的，懶怏怏的，也跟到上房。崔澤拂去身上塵土，在明間坐下，吩咐店夥點燈，打面水，泡茶，預備飯，賃兩份鋪蓋；店夥答應著出去了。玉瓏玲一直趨入暗間，也不撢土，往空板床上一坐，包袱丟在一邊，粉頸低垂，盤起腿來，咬著指甲，一聲也不響。

崔澤明白了，她這是生了氣；忙湊過來解釋，林萍還是不言語。隨後店夥端來燈，打來洗面水。崔澤親自給她擰了一把熱手巾，她這才輕啟朱唇一笑。拭過了臉，茶也來了，崔澤又給她斟茶。等到店夥離開，玉玲瓏低聲抱怨崔澤道：「我們為了提防官人打眼，才喬裝夫婦；哪有夫妻倆分住三間屋子的道理？你是糊塗啊，還是討厭我呢？」

崔澤賠笑道：「我實在不好意思……我又是個男子，那麼一來，怕招惱了你，惹得你瞧不起我。不過，喬裝夫婦要裝得像，就住在這屋裡也有辦法。回頭被縟賃來的時候，咱們可以當著店夥的面，把被縟鋪在一個床上。等到關門睡覺時，再拿開它，也就蒙得過去了。」林萍哼道：「你的心不乾淨，所以才怕嫌疑。我是只知道避禍，我心上不愧，我用不著避嫌。」

說著話，店夥把賃來的兩被兩褥拿來了。林萍又瞟了崔澤一眼，真個做出小夫婦的模樣，在一個床上，鋪上這兩份被縟，而且是並枕同眠的樣子，就拿包袱代枕。又當著店夥的面，說了一句：「你在床外頭睡吧，還是我在床裡頭。」背了店夥，向著崔澤做了一個頑皮的巧笑。

於是兩份客飯也端上來了。崔、林二人果然對面坐在桌旁，像伉儷似的，由妻子給丈夫先盛飯。然後妻子坐下陪丈夫吃——兩個人這樣半真半假的演戲，自以為是做給店夥看，其實林萍另有深心。兩個人都有點害臊，以為店夥看不出他們的心。哪知這些開店的，閱人多矣，冷眼早已看出兩人的尷尬情形。因為從來小夫婦都是背著人表示親暱的，他二人卻當著店夥，做出來「舉案齊眉」。然而開店的是不管盤查拐帶或私奔的。

到飯後，約在二更時分，店家拿著店簿子進來。要登記客官的姓名來路，玉玲瓏竟搶著說：「我們姓林，他是我的丈夫……」

這句話就太古怪，跟著說：「他叫林澤，二十一歲。河南人。我叫林澤氏，也二十一歲。也是河南人。我們是兩口兒出門探親謀事。」嘴像炒豆似的，一口氣說出履歷來，惹得店家直拿眼瞧她，她也覺得不是味，可是話已經說出口，咽不回去了。

假如真是兩口子，無論如何，這番話是該做丈夫的說，現在反倒由女人報來，那店家當然覺得古怪了。他們無非是交代公事，問完了，也就照樣寫上，然後告辭出去。崔澤眼看著屋門，聽店家腳步去遠，向玉玲瓏吐舌道：「姑娘，你的話說得太急了……」玉玲瓏狠狠盯他一眼道：「什麼姑娘？」

崔澤道：「哦哦，我忘了，是姐姐，吆吆，叫姐姐也不對，應該是妹妹！」氣得玉玲瓏把身子一扭，哧的笑起來，指著崔澤的鼻子，申斥道：「你把姐姐妹妹全叫到了吧，你太難了！」

崔澤低笑道：「妹妹，我告訴你，人家真正兩口子，也不叫哥哥妹妹，也不叫姐姐弟弟。人家真正的少年夫妻，男的管娘子叫：『喂，我說嘻。』女的是管爺們叫：『嗨，我說喂。』從來沒有稱呼哥弟姐妹的。哥弟姐妹那是兩個情人調情的稱謂。」

玉玲瓏一聽這話，把纖手一揚，做出要打人的樣子，道：「好你個澤兒呀，你占我的便宜！你欺負我吧！我們一個姑娘家，受傷害病，實在沒法子，才賴給你，求你搭救。哪知道你年紀雖小，人小心大，淨想占我們的便宜，拿我們當妻子，還不嫌夠本，又拿我們當情人了！你你你……」說著，身軀一扭，走到床邊，臉向裡一坐，掏出手巾來，捂住了臉，雙肩一聳一聳的，似乎氣哭了。

崔澤十分懊悔，慌忙挨過來賠罪，一口一個姐姐地叫著，玉玲瓏只是不依。其實喬裝夫妻，原是玉玲瓏的主意，她現在倒歸罪於崔澤；崔澤打算辯解，又怕臊著了她。正自無法；忽聽玉玲瓏堵著嘴說話，聲音聽不清楚。崔澤俯身湊過來聽，玉玲瓏突然一笑道：「不許叫姐姐，要叫妹妹！」身子一轉，那隻手把崔澤一推，卻又一拉，雙目含情，衝他一笑。崔澤這才明白，她這是慪自己玩。這時候崔澤已被他引逗得方寸大亂，所有家中的母親，無下落的父親，離散的師友，甚至於未過門的妻子，全都想不起來了。可是良知猶在，心神十分不寧，不住地警告自己，這是個鋒芒畢露的女盜，不好惹，惹不得！然而她……竟這麼漂亮，這麼媚氣多情！

玉玲瓏林萍卻也把親胞兄，同夥盜友，全丟在腦後，心中只顧及著眼前這個沒閱歷、易駕馭的英爽少年。她的心也很亂，反覆想到的是：救命恩人，終身大事。她自己給自己辯解；我應該報恩！究竟崔澤的行為算不算救命，她並不推敲，也不想推敲。她心中難過的是：崔澤這麼大了，怎麼會沒有娶親？假如他家中已有妻子，那麼自己……可怎生報恩？

他們吃飯時已將二更天了，飯後轉瞬便到三更。林萍盤腿坐在明間屋的燈前，眼珠一轉一轉的，痴然凝思。崔澤偷看了她好半晌，眼前忽然泛出陶秋玲的影子，嬌小玲瓏，活潑可愛，是另一種風格。他暗暗搖頭，把那兩份被縟，取過一份，鋪在另間房中那只床上。然後偷看林萍，皓白的臉孔映帶紅霞，似嗔似喜，眼角不時地偷睨著崔澤，口唇微動，要說話，到底沒有說出來，把顆頭低下去，眼瞼下垂，看著自己的腳。

似乎深思愈遠，忘了身旁的崔澤。

林萍本是病體，這時她似乎不累，依然對燈枯坐。崔澤反倒支持不得，微打呵欠，悄叫：「啊，妹妹，該睡了吧，天可不早了。」玉玲瓏把眼一睜，搖了搖頭，說道：「哥哥，你睏，你先睡吧，我還要出去一趟。」緩緩地下地，似乎上廁所去了。

崔澤又疲倦，又心亂，只得到西暗間去，和衣而睡。少時聽見林萍推門進屋，到西暗間門口一探頭。飄然轉身，似乎到東暗間去了。桌上的油燈，也忘了吹熄；崔澤過了一會兒，重新下地，止了燈亮，回房登床，伸臂長長打了一個呵欠，便要入睡。

屋中燈光已滅，窗外映進月光來。這時正是七月十二三，月亮又亮又圓，發出清輝；屋中一片漆黑，外面燦現銀光。崔澤強遏著心情，努力尋夢；本來很困，竟輾轉睡不熟，心倒浮躁起來。

過了快半個更次，崔澤兩眼炯炯的，心似油煎，嘗到了倦極失眠的滋味。心想：我這裡睡不著，她在那裡睡熟了沒有？

打算過去看看，又很膽怯；心神一靜，耳朵聽過去了。

夜靜聲清，耳畔分明聽見：是女子竊竊啜泣聲，這一定是林萍：她為什麼哭？崔澤再沉不住氣，欠身坐起來，側耳潛聽，聲音來路很奇，不在東暗間，泣聲很近，似乎就在門外。

崔澤非常納悶，跳下地來，急往門外探頭；果然是玉玲瓏，倚在暗間門邊，臉兒對著牆，一手抱著頭，抽抽噎噎地哭泣。崔澤很是驚訝，猜不透她何故傷心？莫非是：怨恨我待她舉動輕薄，懊悔她自己行止不檢，有失閨範，跟我親狎了？想到這一點，似乎近情。崔澤忙湊過去，一曳林萍的手，輕撫林萍的頭，低聲說道：「姐姐，不，妹妹，你哭什麼？可是怪我失禮嗎？」

林萍扭臉向他瞅了一眼，依然掩面飲泣；又似怕房外店家聽見，將一塊小手絹堵著嘴，仍用牙齒咬著，雙肩起伏聳動，更加委屈起來了。崔澤張皇無措，手撫她的肩頭，低聲央告道：「妹妹，不要哭，妹妹不要哭，你為什麼難過，請你對我說。」

玉玲瓏把臉躲著崔澤，還是悲泣不住。

崔澤想：她一定是嫌自己少年輕薄，悔本身處子失檢了。

那撫肩的手不覺垂下來，微退一步，不敢再偎靠著她。用一種謝罪的聲口，向林萍懇求道：「妹妹這實在怨我，剛才白天是我一時昏迷，不合跟你親近；妹妹，你饒恕我吧。這實在因為妹妹太信任我，妹妹又如此美貌，我年輕把持不住，以致犯過。妹妹恕過我這一遭，以後我再不敢胡鬧了。以後我一定把你當同胞姐妹看待，皇天在上，我知過必改；以後我如再敢欺侮你，教我……不得好死！」那林萍聽了一半，淚下愈多，還沒容他把「不得好死」四個字說出口來，她就突然轉身，給崔澤跪下了。

她跪在崔澤的面前，雙手抱著他的腿，哭道：「哥哥，哥哥，你錯會意了！我是恨我自己！哥哥在我身上，治傷，醫病，救命，我感激還感激不過呢！只是我，咳，我從來守身如玉，想不到在你面前這樣出醜，哥哥你一定看不起我。但是……」

林萍這樣的跪地陳情，崔澤大出意外，要拉她起來，要陪她跪著，兩腿被她抱住，竟不能動轉。現在林萍果然是懺情自愧了。崔澤立刻釋然，頓時動憐，這才敢俯身動手，掖著林萍的雙肋，把她硬抱起來，曳到西暗間，放在床頭，做出撫愛小孩似的姿勢，把她的頭扶放在枕上(就是枕著的包袱)正要側身旁坐，用好語溫慰。不料林萍渾身綿軟，一任崔澤擺佈；雙手卻抓住了崔澤，不容他直腰。崔澤竟被一拖而倒，趁勢歪在林萍身畔。

林萍竟嬌呷一聲，蜷身一滾，像小鳥似的藏在崔澤懷中。雙手上抱崔澤的脖頸，滿面淚痕，澀聲哭訴：「哥哥，你不知道我們女孩子的心事。我這傷病差點死了，你竟比我親哥哥還疼我，我是恨我自己沒法子報答你，又恨自己把持不住。哥哥，你你你恥笑我嗎？我雖然不幸，被胞兄拖到綠林，成了一個年輕的女賊，可是我無日無時不想掙扎出來。我在江湖上也待了這些年，可是凡事都和胞兄一塊兒做，我從來沒有隻身一個人單闖過。我是這樣地謹守著良人家姑娘的規矩，我至今還是個處女。我已經二十一歲。我敢對天盟誓，除了我胞兄，除了跟你，再沒有跟別的男人打過交道。就是跟你，起初我也把你當作敵人，想跟你動手。那時我在林中，初遇上你，我自料必死在你手。哪知你竟這麼大仁大義，饒不肯殺害我，還可憐我受了傷，把我救出來。我的一條性命，就是你再生再造的。你實在是我的大恩人。不但救了我的命，你還保全了我的貞節……」

玉玲瓏偎在崔澤懷中，且哭且訴，說得崔澤滿面通紅，自愧難當盛譽。手拍著她，低聲攔說：「別說了，別說了，妹妹，我從前待你怎樣，今後一定也待你怎樣。」

玉玲瓏此時衷情大動，一定要訴說：「哥哥，我心上難過，你一定讓我說完……我們逃在鐵鑼關，當時負傷受風，發燒病重，我夜夜提心吊膽，怕你欺侮我，汙辱我。我再想不到你如此年輕，竟如此正派，對我一點邪的歪的也沒有，你真就那麼救護我。愛護我……哥哥，你你不要恥笑，我可就真真的動了心了。」

崔澤道：「哦！是在那裡嗎？」

玉玲瓏很羞愧地點點頭，接著說：「是的，我由那時就動了心。哥哥，我至今還是個好姑娘，我從來沒有挨過一個男子；可是我竟在負傷後，抱病時，無可奈何，賴上了你。一個少女，一個孤男，同患難，共起居，一塊兒混了這麼些天，哥哥，我沒臉另嫁別人了。……今兒個，在白天，在那荒郊林子裡，我跟你說的那些話，跟你做的那些事，那都是我試探你的，可是做得太過火了，近乎無恥了，回想起來，真把我羞死。可是我沒法了，我只能跟你，再不然就是一個死。我是感你的大恩，感你的人品……我也不害羞了……我更愛你這個人。我只好把我這個身子報答你，不管你愛我不愛我，嫌我不嫌。你若不鄙視我，我願意起誓做你一個貞節順從的妻子。你若家中有妻子，我想你一定有，我情願做你的姬妾，做你的侍女，哪怕是你的情人姘婦呢！你肯要我，我嫁你；你不要我，我也……今晚上我也要把我的身子給了你，哪怕明天我自刎！」

說到這裡，竟嗚嗚哭起來了，一面哭，一面說：「誰教我遇見你這個冤孽呢，我沒有法兒了，我認命了。在鐵鑼關，你沒有乘我病重糟蹋我，現在今兒個，我沒臉沒臊，自己個送上來了！哥哥，哥哥，我的心逼著我這麼做，我也顧不了許多，你你你收下這個沒廉恥的女人吧，再不然，你拿刀把我殺了……」於是她把隱衷盡情傾吐，甘為情死；戛然止住了悲哭，破涕為歡，沖崔澤很柔媚地一笑，然後縱體就抱。

這時候正是七月十二三日的子夜，月色皎然，照入店房，淡淡的月影，依稀映見了玉玲瓏林萍，面色蒼白，渾身抖顫，隱隱聽見她心頭小鹿怦怦狂跳不休，帶出了銷魂模樣。崔澤抵不住如花美眷的移岸就舟，頓覺體熱如焚，心房狂躍，陷入了不能自持的境地。他一言不發，以行動作答；輕輕捧住她的雙頰，款款地給她一個熱吻。這一對痴男怨女肌膚相親。呼吸緊促，渾忘了身外一切，開始了他們的露水姻緣。

玉玲瓏宛轉承歡，如不勝情，竟雙眉緊蹙，嬌呻低喘，恍如依人的小鳥，被俘的小羔羊。崔澤十分憐惜，環抱低呼道：「妹妹！」林萍雙眸微閉，也輕喚了一聲：「哥哥！」一個縱情施愛，一個喘息漸驟；崔澤輕憐蜜愛，忍不住低聲又問：「妹妹，你覺得怎樣？」林萍閉目搖頭，衝他一笑；崔澤似已體知她的處女苦，輕輕說道：「妹妹，看你這個樣子，我們休止吧？」玉玲瓏覺得崔澤欠身欲起，竟睜開了眼，雙手摟過來，悄聲微語：「不，不！我不要緊，你不要管我。哥哥，你不知我是怎樣愛你，你只不嫌惡我，我就死在你手下，我也情願。」

把崔澤一拉，意思是教他續尋歡愛，只管盡情。

崔澤不堪她這樣徇情媚己，很熱烈地吻著她，真個恣情燕好起來……玉玲瓏初尚強持，漸漸難忍，漸漸呻楚不勝，纖腰轉側，雙足不住的伸伸縮縮，兩隻手也忽然緊抓著崔澤的肩背，忽然緊揪住被單，挨到末後，扯過被單，用口咬著被角，不使呻吟之聲外透。崔澤到此欲罷不能，頓忘了風狂雨驟，嬌花欲碎，一陣急遽，一陣緩松，終至於情潮高漲，漸趨休歇。玉玲瓏方才鬆口，吐出被角，長呻了一聲，低問道：「哥哥，好了吧！」崔澤喘笑著點頭，依然留戀不捨。林萍竟用手一點他的額角，喘吁吁輕吐嬌音，微發怨言：「你還沒有夠嗎？你瞧瞧！」把崔澤的手拉來，教他試摸自己的臉。這才摸出來，玉玲瓏滿腮淚痕，漬濕了用以代枕的包裹，而且通體浴汗，把貼身小衫幾乎濕透。喘息著說：「哥哥，想不到你竟這麼狠法！剛才差點沒把我疼死過去！」崔澤很抱歉地說：「你怎的不早告訴我！你剛才說不要緊，我只當是真不礙事呢。」林萍皺眉笑道：「我原看你這麼貪戀我，我不忍打斷你的高興。誰知後來越熬越熬不住；尤其是你末了那一陣子，你一點兒也不管人家的死活，一陣陣抽風，恨不得把人家吃了。害得我上氣不接下氣，身子幾乎教你揉散了。幸虧挨過那一陣子，就停住了；你若再鬧一會兒，我真要喊饒命了。」連連搖頭道：「我原想洞房花燭多麼歡快，哪知我們女的這麼吃苦！」說著忍不住撲哧的笑了。

崔澤也不禁慚然失笑，把她攬了過來，並肩共枕，要向她溫存愛撫，又要問她女人們到底是怎樣的吃苦？林萍含羞不說，推他一下，扭轉身子，悄悄收拾了一回。這才轉身，把頭枕在崔澤腕上，低低細語，訴說這定情第一夕的苦樂。

房內「春宵一刻值千金」，戶外秋光漸漸朦朧；雞聲唱曉，倏到黎明。玉玲瓏林萍姑娘竟滯留枕褥，不能起床，勉強走下來，幾難舉步，更不用說騎馬趕路。一對情侶竟在這僻鎮逆旅，滯留四五日，方才登程。卻是剛越過姑射山，到達趙城縣，他們倆又在店房逗留了六七天，被崔澤一再催促，玉玲瓏林萍方才懶怏怏地上路。她向崔澤又笑又惱地說：「你簡直是鐵打的心肝，你不知道我們的罪孽！」

第五章　新歡舊好兩難忘

三個半月以後，崔、林二人雙跨征鞍，到達了黃河北岸冀南高村地方，這便是黃河三劇盜的別巢。玉玲瓏林萍引領她的情侶，喬稱「恩公」，去見她的胞兄林文英。玉玲瓏向崔澤說好，見過林文英，打聽出崔豪的蹤跡，便先相攜探母，以新婚夫婦，行了見禮；然後她再以新婦相從夫婿出去尋父。崔澤無可奈何，暫且答應了，暗打著走一步，算一步的主張。

卻不料林氏兄妹驟然會面，便起了衝突。林文英惱恨妹妹無恥，一個未出閣的姑娘，怎的竟帶來這樣一個少年男子，還敢喬稱恩公，況且又是對頭？

林文英是個粗魯漢子，他並不問問：妹妹逃避官人追捕，遭受了什麼困苦，反而痛責她不合把個野男子領到祕窟來，萬一這野男子貪賞賣底，銜仇報官，豈不壞了全夥大事？事情倒也有他這一慮，話卻說得太驟。玉玲瓏十分羞憤，抗顏辯詰：「你把妹妹已經領到賊盜幫裡了，你還嫌不丟臉，你又糟蹋你妹妹淫奔？你還算是人嗎？」

林文英大怒，兄妹頂嘴，由頂嘴到動了刀，盜幫舊友慌忙勸開，卻是處種情形都被崔澤當場看見了。崔澤勃然大怒，抗聲喝道：「林寨主，虧你是個男子，你說出來的話，不但侮辱了你同胞令妹，你更把我姓崔的作踐得不堪！告訴你，是我在患難中救了你令妹！你令妹當日憑一個年輕女子，負重傷，患重病，看看垂危。是我一念不忍，把她救活；實逼處此，同居四個多月。你令妹自覺少女孤男，相處日久，為全顏面，為保貞節，這才委身相從。並不是我姓崔的一定要娶你一個強盜妹妹，你明白，是你妹妹定要嫁我。我本無意高攀，我家中自有嬌妻。你不要誣人太甚，別了，別了，我看你這混帳東西怎生安排你這一奶同胞的妹妹！」

崔澤大罵著往外闖；林文英被罵得兩眼如燈。滿面通紅。怪叫一聲：「好你姓崔的小子，你可把我罵透了！」急掄利刃，奮身尋鬥。那邊玉玲瓏幾乎氣倒。哀號一聲：「死去的爹娘，你不看看你這苦命的女兒了！」唰的拔出劍來，就要橫劍自盡，被身旁一個少年盜夥橫身奪住。她就銀牙一咬，大哭大叫，撲過來向胞兄狠狠撞了一頭。

兄妹二人動手抓搔起來，一失神，坐令崔澤傲然闖出了盜卡，一去無蹤。他悵然地擺脫開新歡，將去追尋舊盟。

一年以後，崔澤尋著了亡父崔豪的遺骨，得以歸葬祖塋。同時，更與母親胞弟骨肉重逢。為了避禍起見，他們不敢再在豫魯卜居，他們遠遠地遷到直隸省的冀州城。他的姨父陶元偉，攜帶眷屬，也遷到冀州城。他的未婚妻陶秋玲姑娘逃難時，始終未與她父陶元偉失散，現在也就重與未婚夫婿完聚了。獨有崔澤的父輩，柳林七雄和李豹諸人，訪聞已經更名避禍，逃到宣化府，他們在宣化府不久也闖出一番事業。

崔、陶兩家原是至戚，況又親上做親。現在他們仍然同住在一個村莊。崔氏娘子見長子崔澤失蹤一年多，居然把亡夫崔豪遺骨尋回，心中又悲又喜，又很憐愛。便向親家陶元偉提說，要給崔澤擇吉完婚。陶元偉當然答應了，又過了一年多，給亡人崔豪補穿了兩年孝；服滿，這才擇吉辦事。崔澤把這自幼相親相愛的姨表妹陶秋玲娶了過來，男歡女愛，另有不同。

陶秋玲乃是積年相思，一旦得償；洞房中一任夫婿撫愛，含羞帶愧，連頭也不敢抬。崔澤卻是曾經滄海，又做新郎，不由得想起了在姑射山那段露水姻緣。他看著秋玲姑娘這樣含情脈脈，萬種嬌羞，一任夫婿狂挑逗，她總是低垂雙眸，躲躲閃閃。雖然她宛轉曲從，不敢過分拒絕崔澤的眷戀，可是有時囉唣過甚，她竟很羞惱。她的柔媚的意態，跟玉玲瓏的熱戀大不相同。便是她少年時那種活潑嬌憨現在也沒有了，現在她全然是個端莊的少婦。甚至於成婚逾月，崔澤要撫摸她裙下的雙鉤，她總是含嗔帶笑地斂避。有的時候，竟把崔澤著急了，像捉小雞似的，硬把陶秋玲抱住，跟她吻腮接唇地鬧，她那時必然閉上眼，臉漲得通紅，身子仍然往外掙。

崔澤覺得沒趣，有一天夜間，竟偎著陶秋玲，責備她無情。陶秋玲倒也無言可答，只說：「怪害臊的。」又央告丈夫：「晚上隨便你怎麼鬧都行，你不要大白天價，跟我動手動腳，夠多麼不好意思。」崔澤不由得想起了玉玲瓏，以為玉玲瓏雖涉輕狂，卻雅有情趣。恨得他數說秋玲：「你簡直成了木頭了，你再這麼古板，我不愛你了。我有一個女相好，比你有趣得多。她真是個風流多情的女子，我教她怎樣，她就怎樣；挨挨靠靠，偎偎抱抱，總依著我。哪像你這麼呆氣！你再惹急了我，我找她去了。」

秋玲微瞟他一眼，低笑說：「你找她去吧，誰攔著你了！」

陶秋玲不信丈夫另有情人，她以為他是故意地逼著她放浪。秋玲小時雖然活潑，自經禍變，久與崔澤離別，受母教薰陶，把個性子變得幽寂凝重了，而且她天生喜觀蘊藉纏綿，不喜歡夫婿這麼恣縱。她只願深閨無人時，與夫婿握手談心，含情相對；至於硬把她抱在膝上，偎腮探懷，總覺那是侍妾女妓的流風，做少奶奶的絕不該那樣。何況她又上有婆母，她不敢專討丈夫歡心，惹得婆母嗔怪——她的環境的確與玉玲瓏不一樣，當然表示情愛的形式也不同了。崔澤好像真生了氣，說道：「你惹急了我，我真去找我那個情人去，你可不要後悔。」

秋陶玲低笑道：「我不後悔，你快找去吧。」為了安慰丈夫，她悄悄把自己的腳翹起來，輕輕放在丈夫的腳面上，微微踩了一下。這時夫妻倆正在深閨，又值深夜，陶秋玲只可讓步，讓丈夫順心些。果然，她的纖足剛剛一蹬，立刻被崔澤攔腰抱起，探手握足，比量尺寸大小，又緊緊一捏，陶秋玲不禁皺眉道：「慢些！」崔澤滿心歡喜道：「原來你的腳比她的還瘦呢。」

陶秋玲一面掙扎，一面說道：「你說我的腳比誰瘦？」

崔澤笑道：「就是我那個女相好的。看來你的腳樣很好，又瘦又尖，不過你太不會修飾。」陶秋玲笑道：「張口女相好，閉口女相好，你不要扯謊吧。你是逼我由著你性兒鬧，你又有女相好了！現在我由著你鬧了，你又誇起我來了。」說著把腳一縮，崔澤突然把秋玲抱到了床上，秋玲不禁紅了臉道：「你你你，點著燈，又要發瘋！」崔澤笑道：「我那女相好，頂喜歡點著燈跟我逗。你簡直是木頭，我還是找她去，她處處比你風流放誕。」秋玲掩耳道：「願意找，快找去，我就不會放誕。你說話，老是這一套，也不嫌貧氣！」

夫妻倆說這玩話，不料隔日不久，真格的玉玲瓏林萍突然登門找上來了！

自稱是崔澤之妻，患難成婚，中途失散，現在特來拜見婆母，懇求破鏡重圓！

偏生崔澤剛剛出門，玉玲瓏林萍竟由陶秋玲娘子延見盤話。兩個女子全會武功，各以崔澤的原配自居，口鋒舌劍，越說越擰，公然動起手來。陶秋玲非常動怒，罵林萍無恥：「我丈夫從來是正派人，跟我自幼做親，哪有女賊妻子！」玉玲瓏原已揣知崔澤定有原配，她本以外室自居；不意陶秋玲性子儘管柔和，一旦妒情生嗔，想起了丈夫的前言，再也按捺不住，立逼林萍出去。她曉得林萍是黃河三盜之一，她逼嚇林萍：「再不走，就交官治罪！」林萍不肯走，冷笑說：「你們也是劫牢反獄的罪人！」對峙著這個一推，那個一掙，兩人終於動起拳頭來。

林萍身上帶有兵刃，她不肯驟下毒手，她只和秋玲肉搏。

陶秋玲如何敵得過她，只二十餘合，便被打倒。陶秋玲愧憤已極，轉身撲奔屋中，取了崔澤的兵刃，照林萍狠狠刺去。林萍大怒，忙抽劍相拒。只十餘合，陶秋玲的刀被踢飛。陶秋玲往旁一跳，待發暗器；哪知林萍身手極快，趕上來又一腳，把陶秋玲踢倒。一腳踩住腰，把劍放在陶秋玲脖頸上，喝道：「我殺了你吧！」這時崔家的人，早已趕出去求援，崔陶兩家相距甚近，陶元偉如飛馳來相救，崔澤遲一步也已趕到，陶元偉運刀如風，救了女兒，殺得林萍大敗。玉玲瓏林萍奪門而逃。碰見了崔澤，見面大喜，剛要撲上去。陶氏父女已雙雙追出，玉玲瓏抵敵不住，崔澤難作左右袒，玉玲瓏沖崔澤慘叫了一聲！「澤哥哥，你想死我了！我……」還要往下說，陶氏父女大罵：「無恥女強盜！」連連發出暗器兩響，把玉玲瓏打得如飛逃走。陶氏父女還想窮追，見崔澤面目變色，再三攔阻，勸秋玲回去；父女二人轉移了對象，立刻叫著崔澤一同回轉，向崔澤窮詰這女盜的究竟。

崔澤面紅耳赤，只得扯謊。不說自己救了林萍，反說林萍救了自己，治傷，侍疾，禦侮，到後來……陶氏父女忙問：

「到後來怎樣？」崔澤沒法子，只得說：「後來她還要我娶她，那時我正患傷寒病，沒有辦法，只可答應她。」

二人聽罷，陶秋玲又氣又妒，沖崔澤直哭，說：「剛才那女子辱我太甚，澤哥哥，你得給我報仇。」陶元偉見女兒生氣，忙設辭安慰她幾句，急急出離崔宅，窮搜了一回，到底沒有搜著林萍的蹤跡。立即打定主意，次日接女兒住娘家，便低低告訴女兒防禍患、制情敵的祕策，一須要小心備御女盜，怕她暗算你！二不要苛責夫婿，恐其為叢驅雀，反而逼得崔澤眷戀女盜。又把一種厲害暗器，授給女兒，囑她隨時防害。秋玲暗將夫婿屢誇女盜多情之事，告訴她父；她父便教她曲眉夫婿，攻心為上；旋又面見女婿，用好言激勸，教崔澤看在夫婦之情，務必保護小女，別要教她受了玉玲瓏的暗算。

陶元偉設計很周，哪知變出意外。玉玲瓏並沒有乘虛潛害室夫人之心，反有向秋玲姐姐乞憐求和之意。

玉玲瓏深知陶氏父女全是行家，不敢在冀州逗留，當日她便遠遠逃出數百里。直隔過三五個月，料想陶氏父女必不再防，她這才翻然又到，乘夜潛入崔宅，暗用薰香，把崔澤、陶秋玲夫婦熏了過去。然後撥門而入，佇立床頭，拋起帳幕，把這伉儷一看，不禁酸淚紛紛面下。

她已勘知崔宅人口無多，她竟非常膽大，把屋門重門好，把燈弄得半明半暗，竟將赤裸裸的陶秋玲拖出被外，抱到隔室，仍用被蓋好，卻在她頭前插上一把刀。然後回轉床前，手取冷茶，含在口中照崔澤一噴，停得一停，她公然解衣登床把崔澤往那邊一推，居然占了陶秋玲的地位，裸身鑽入被內，把崔澤一抱。

不大工夫，崔澤蘇緩過來，可是神志仍未清醒，陡覺懷中女子偎腮接唇，委身相就。崔澤昏迷中，只當是陶秋玲，便低叫了一聲：「妹妹，你想我了嗎？」林萍默然不語，兩人竟款洽起來。

卻是陶秋玲和玉玲瓏，這兩個女子的情調，截然不同。陶秋玲一向被動，從來沒做過女求男的事兒。崔澤忽然覺出：今日的妻子與常時有異，是這麼狂歡熱愛，全然自主，恍惚像在姑射山雙羊屯。他不禁詫道：「玲妹妹，怎麼今天你也開通了？」玉玲瓏只是不語，崔澤已然睜開了眼，借燈光一看，不禁大吃一驚：「咦，這不是你！」

玉玲瓏竟緊緊將崔澤一抱，悲呼道：「澤哥哥，我是林萍，我找你來了！我離開你，一點活味也沒有，澤哥你把我殺了吧。」伏在崔澤身上痛哭起來。

崔澤駭然大震，把身上的林萍一抱，一翻，翻在身底下，突然坐起，張目急尋。哎呀一聲道：「你你你，你把秋玲弄到哪裡去了？你把她殺了嗎？」

林萍仰面在床，被崔澤按住。林萍苦笑道：「你們還是夫妻，不錯，我把她殺了！」

崔澤陡然一瞪目，切齒發怒，手如利鉤。立刻叉住林萍的咽喉；更閃目四顧，要尋找秋玲的屍體，厲聲斥道：「林萍，你把她弄到哪裡去了？快說！我掐死你！」

林萍已被他指掐得喘不出氣，但她並不抵抗，只一指外間屋，澀聲道：「外頭屋呢。」忍不住痛哭起來。

林萍、崔澤赤身跳下床頭，撲過去一看，陶秋玲身覆著紅綾被，沉睡未醒，面色似乎蒼白，卻在頭前明晃晃插了一把刀。崔澤驚惶萬狀，連忙推一把，叫一聲；陶秋玲呼吸重濁，一聲不響。崔澤驚憤，急掀被驗看，陶秋玲皓白如玉的肢體，竟無血跡，也無傷痕，分明見她胸前一動一動，似乎沒死。崔澤神志稍清，伸手拔刀，要找林萍。林萍已然只穿小衣，戰抖抖地尋了過來。崔澤舉刀比著她，她一點不怕，搶上來，撲噔的跪倒在崔澤膝前，抱腿哭道：「哥哥，我沒敢殺陶姐姐，我是來找你，我是來央求陶姐姐來的。哥哥，你跟陶姐姐說說吧，我沒安壞心，我死也不走了，我情願跟你們兩口子當奴才，你們還不要我嗎？」

玉玲瓏竟這樣屈己徇情，匐匐求愛。崔澤不禁瞠目失措，回念前歡，惻然不忍，很憐恤林萍這般痴情。倉促不知如何是好，他就強板面孔，喝斥道：「你不要打膩歪，給我滾起來，把秋玲趕緊治好了……」

玉玲瓏諾諾連聲，爬起來又哭又笑道：「哥哥你可是應許我了，回頭你可替我央告陶姐姐？」立刻動手把秋玲治活。

她和崔澤是怎樣哀懇陶秋玲，陶秋玲肯否答應，抑或到底拒絕與否，那是另外一個故事了。讀者不妨意會，不妨向室虛構。若願看團圓劇，那就教她們一床聯三好；若喜歡悲劇，那就再教她們激起情場的妒爭吧！

後記

《雁翅鏢》、《青萍劍》實為同一部書的上、下卷，白羽寫於1947年，先在天津《真善美》畫刊連載，上、下卷單行本卻以兩部書名出版。

據宮以仁先生所言，白羽原來有意將此作寫成《大澤龍蛇傳》的結尾，但越寫離原來的故事越遠，且因身體欠佳，只得單獨成冊出版。細心的讀者將《大澤龍蛇傳》和《青萍劍》的結尾對比一下，即可看出蛛絲馬跡。這兩部書中的情節、人物相同或相近，亦非偶然，實是白羽當年有意續《大澤龍蛇傳》一書未成，而單獨成冊的佐證。

這兩部書連載後是否立刻出版，未能肯定。現查得1949年11月出版的《雁翅鏢》（上冊）和《青萍劍》（實為《雁翅鏢》的下冊）二書，經宮以仁先生鑑定，疑此二書為盜印，但肯定確係白羽手筆。這次出版，即據此校訂排印。

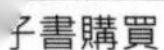

國家圖書館出版品預行編目資料

雁翅鏢．青萍劍：江湖尋父路遠，兒女情長難斷 / 白羽 著 . -- 第一版 . -- 臺北市：崧燁文化事業有限公司 , 2023.11
面； 公分
POD 版
ISBN 978-626-357-826-5(平裝)
857.9 11201815

雁翅鏢．青萍劍：江湖尋父路遠，兒女情長難斷

作　　者：白羽
發 行 人：黃振庭
出 版 者：崧燁文化事業有限公司
發 行 者：崧燁文化事業有限公司
E-mail：sonbookservice@gmail.com
粉 絲 頁：https://www.facebook.com/sonbookss/
網　　址：https://sonbook.net/
地　　址：台北市中正區重慶南路一段六十一號八樓 815 室
Rm. 815, 8F., No.61, Sec. 1, Chongqing S. Rd., Zhongzheng Dist., Taipei City 100, Taiwan
電　　話：(02) 2370-3310　　**傳　　真**：(02) 2388-1990
印　　刷：京峯數位服務有限公司
律師顧問：廣華律師事務所 張珮琦律師

定　　價：320 元
發行日期：2023 年 11 月第一版
◎本書以 POD 印製